Gian Maria Calonder

Engadiner Herzrasen

Ein Mord für Massimo Capaul

Roman

Kampa

Für den Blick hinter die Verlagskulissen:
www.kampaverlag.ch/newsletter

Lektorat: Ulrike Ostermeyer, Berlin

www.kampaverlag.ch
Satz: Tristan Walkhoefer, Leipzig
Gesetzt aus der Stempel Garamond LT / 210111
Druck und Bindung: Friedrich Pustet, Regensburg
Auch als E-Book erhältlich
ISBN 987 3 311 12039 1

I

Wie jeden Morgen stand Massimo Capaul mit dem ersten Zwitschern der Amsel in der Lärche hinterm Haus auf, schlich an Metas Zimmer vorbei und die knarrende Holztreppe hinunter, um die italienische Espressokanne auf den vorsintflutlichen Herd zu stellen. Während er sich am abgestoßenen Spültrog wusch, hörte er durchs schlecht gekittete Fenster das gleichmäßige Rauschen des Zugs von Scuol, der oberhalb des Dorfs den Berghang entlangfuhr, ungebremst am Stationshäuschen von Lavin vorbei und weiter nach Sagliains. Zwanzig nach sechs. Seit Capaul den Dienst bei der Kantonspolizei quittiert hatte, blieb das Handy abgeschaltet, die alte, geliebte Omega-Armbanduhr, die ihn seit seiner Jugend begleitet hatte, war beim Umzug ins Engadin verloren gegangen. Nun waren die Züge seine Uhr. In Lavin galt Halt auf Verlangen. Der erste Zug fuhr durch, der zweite hielt an, gestoppt vom jüngsten Sohn des Bäckers, Baltisar Grass, der zu seiner Lehrstelle in Zernez fuhr. Damit war es sieben Uhr, Zeit für Meta, aufzustehen, und Capaul hatte zu verschwinden.

Wobei das keine Regel war, nur eine unausgesprochene Gewohnheit. Seit dem Tod ihres Mannes waren die Nächte Metas schwierigste Zeit, Albträume quälten sie, und morgens benötigte sie jeweils ein bis zwei Stunden, um sich zu fassen. Hatte sie die nicht, gerieten Capaul und sie leicht aneinander. Diese Auseinandersetzungen endeten meist mit der Feststellung: »Ich wusste ja, dass es nicht funktioniert«, danach folgte entweder der Satz: »Ich ziehe aus« (Capaul) oder: »Es wird das Beste sein, du ziehst wieder aus« (Meta). Was sie beide nicht wollten. Sie wollten, dass es funktionierte. Sie wollten, dass er blieb. Sie wollten eines Tages ein Zimmer teilen, gemeinsam aufwachen, sich am Gesang der Amsel freuen, die Hände am Herdfeuer wärmen und die Kaffeetasse teilen. Doch der Weg dahin war zäh.

Wie immer streckte Capaul den siedend heißen Kaffee mit viel Milch, trank ihn stehend in einem Zug, zog Jacke und Bergschuhe an und verließ das Haus.

Er eilte nicht nur Metas wegen. Er liebte es, am frühen Morgen bergwärts zu steigen, und wollte die Stunde nicht verpassen, in der es unten am Inn noch ganz dämmerig war und das kreuzförmige Gewächshaus der Gärtnerei funkelte wie ein Kristall in seiner Höhle. Die Häuser von Guarda, das auf einer Terrasse oben am Hang lag, leuchteten matt wie Eier in einem Nest, während die Berge über Scuol scharfkantig in den diesigen, blass rosafarbenen Himmel ragten. Dagegen wirkten die Felswände des Pisoc und des Lischana bläulich, mit schlickbraun schimmernden Wäldern. Nur über Österreich leuchtete schon der helle Tag.

Im Herbst war dies die Stunde der Jäger, jetzt im April war kaum jemand unterwegs. Nur die Waldarbeiter schnitten mit heulenden Sägen bereits Fallholz, und irgendwo ratterte ein Bagger. An den schattigen Stellen lagen noch Reste von Schnee, die Wiesenflanken darunter waren getränkt von Schmelzwasser, jeder Schritt schuf quatschend eine Pfütze, und es duftete nach Fruchtbarkeit. Die Wiesen waren voll mit weißen, gelben, rosenrot- und lilafarbenen Blümlein, deren Namen Capaul von Meta gelernt hatte – Küchenschelle, Zwergbuchs, Frühlingskrokus, Schneeheide –, nur vergaß er hartnäckig immer wieder, welche Blume welchen Namen trug.

Nachdem er sich auf einen unter der Schneelast gestürzten Baum gesetzt hatte, beobachtete er Metas Haus, ein großer, vergleichsweise schmuckloser Kasten, nach dem Dorfbrand vor rund hundertfünfzig Jahren als typisches Bauernhaus gebaut: halb Stall, halb Wohnhaus, das Giebeldach mit nur unmerklicher Neigung – so hatte sich vermutlich Raum schinden lassen. Auch typisch war, dass der Stall zur Straße hin ebenfalls als Wohnhaus kaschiert war, mit Sprossenfenstern und Läden anstelle der großen, offenen Holzbögen, wie sie die dem Berg zugewandte Seite einmal gehabt hatte. Inzwischen waren sie ebenso zugemauert wie straßenseitig die Stallfenster, nur Unebenheiten und Verfärbungen im Putz zeigten noch die alte Struktur.

Weshalb, darüber schieden sich in Metas Familie die Geister. Die offizielle Legende lautete, dass Metas Urgroßvater Tabak angebaut und verarbeitet hatte, was Feuchtigkeit und Wärme bedingt. Manche behaupteten aber auch, er hätte den Tabak nicht angebaut, sondern geschmuggelt. Schmuggel war bis in die Siebzigerjahre im Engadin ein lohnendes und weit verbreitetes Geschäft.

Meta selbst hatte dazu keine Meinung, sie sagte nur –

mit diesem unergründlichen Lächeln, in das Capaul so vernarrt war: *»Las chosas nu sun sco ch'ellas sun, mo sco ch'inchün tillas vezza.«* Die Dinge sind nicht, wie sie sind, sondern wie man sie sieht.

Sie mochte sich nicht einmal dazu durchringen, zur öden, leeren Hausfassade mit dem scheckigen Verputz eine dezidierte Haltung zu entwickeln. Man hatte auf der Rückseite sogar die Läden des Wohnteils ausgehängt, die wenigen Fenster waren dunkle Löcher und die schlank gebaute Freitreppe, die außen in den Stall führte, der einzige dürftige Schmuck.

Als Capaul schimpfte: »Wie kann man ein so stattliches Haus derart verludern lassen?«, lachte sie.

»Zugegeben, hübsch ist anders. Aber es ist doch Hässlichkeit mit Charakter. Und was sollen wir deiner Ansicht nach tun? All die vermauerten Fensterbögen wieder aufbrechen? Und wozu? Oder auf die Leiter kraxeln und die Fassade streichen? Vielleicht müsste man sich erst Gedanken machen, wozu der Stall zu gebrauchen wäre.«

Das hatte eine gewisse Logik. Trotzdem beschloss Capaul, kaum hatte er bei seinem Vorgesetzten Offizier Gisler das Gesuch um Entlassung aus dem Polizeidienst eingereicht, Hand ans Haus zu legen.

Nicht brachial, sondern mit der feinen Klinge. Die ausgehängten Fensterläden lagen noch im Stall, die brauchte man nur abzuschleifen, neu zu streichen und wieder einzuhängen. Und auf die nackte Mauer konnten sie etwas malen oder schreiben, das hatte im Engadin Tradition. Dazu wollte er noch ein Spalierobst pflanzen, danach sah das Haus zweifellos schon ganz anders aus. Die Rückseite jedenfalls. Danach konnten sie sich den anderen drei Seiten widmen.

Und Capaul machte Ernst. Auch heute stand er auf, sobald er sah, dass Meta die Bettdecke zum Lüften aus dem Fenster hängte, klopfte sich auf die Schenkel, wie es die Sprinter vor dem Rennen tun, und machte sich im Laufschritt auf den Rückweg.

Als er vergnügt Metas Garten betrat, war heller Tag, die noch schneebedeckten Gipfel blendeten in der Sonne. Er holte aus dem Stall, was er zur Arbeit brauchte: zwei Böcke, Drahtbürste, Schmirgelpapier, Arbeitshandschuhe und zuletzt einen der verwitterten Fensterläden. Das Holz war aschgrau von Regen und Alter, die Farbreste warfen Blasen und lösten sich in dicken Schuppen. Es war ein Vergnügen, kraftvoll mit der Drahtbürste über die Läden zu fahren und Farbschollen splittern zu lassen.

Die Sonne hatte nun auch den Garten erreicht und wärmte ihm Schultern und Scheitel. Es duftete nach Diesel und Jauche, weil die Bauern das schöne Frühlingswetter nutzten, um endlich die randvollen Silos zu leeren und den Dünger auf den Wiesen auszubringen. Er trällerte *»Those were the days, my friend«* und war so sehr in seiner Welt, dass er eine ganze Weile nicht bemerkte, dass Meta sich auf die Stalltreppe gesetzt hatte und ihr »Rabenhaar«, wie sie es nannte, nach einzelnen grauen Haaren durchsuchte. Hatte sie eines gefunden, riss sie es fast bedächtig aus, wickelte es um zwei Finger, verknotete es und blies es in den Wind.

Als er endlich einmal die Bürste absetzte und sich aufrichtete, um den schmerzenden Rücken durchzubiegen, sagte sie: »Ich habe dir ein Butterbrot gebracht.« Gleich darauf fand sie wieder ein graues Haar.

»Lass sie doch, sie gehören zu dir«, sagte Capaul, wischte die Farbschuppen von den Kleidern und ging zu ihr.

Meta schüttelte lächelnd den Kopf. »Was wäre das für ein Paar! Dir wächst kaum Flaum ums Kinn, und ich habe schon graue Haare?«

»Ich bin auch schon achtunddreißig«, stellte er klar. »Und ich muss mich jeden Tag rasieren, von wegen Flaum. Außerdem würde dir auch mit ein paar grauen Strähnen keiner die fünfzig Jahre abnehmen.«

Sie funkelte ihn an. »Siebenundvierzig.«

Er grinste. »Du bist einfach eitel.«

Da sie keine Anstalten machte zu rücken, quetschte er sich zwischen sie und das Treppengeländer. Gleich legte sie den Arm auf Capauls Schulter und verwuschelte seine dichten, dunklen Locken. »Und du ein Milchkalb, *meis char*. Guten Morgen.«

Er ließ sich küssen, danach verschlang er hungrig das Butterbrot und erklärte Meta seine Schwierigkeiten mit der wohl ein Jahrhundert alten Ölfarbe, die sich zwar an den meisten Stellen quasi von selbst löste, an einigen aber umso hartnäckiger haftete, viele Schichten dick und hart wie Stein. »Wenn das einigermaßen aussehen soll, brauchen wir eine elektrische Schleifmaschine«, schloss er kauend.

»Ich leihe dir meine«, sagte Jon Luca. Er stand im

geöffneten Gartentor, die Uniformjacke lose über die Schultern gelegt, mit offenem Hemdkragen und dem ihm eigenen Lächeln, das zu sagen schien: Keine Sorge, alles lässt sich irgendwie deichseln. »Du brauchst nur einzusteigen.«

Er zeigte hinter sich, offenbar hatte er gleich unterhalb der steilen Mauer auf der Straße angehalten.

»Hilf mir lieber bürsten«, antwortete Capaul. »Im Stall wartet noch ein Dutzend Läden. Die Schleifmaschine brauche ich frühestens zum Wochenende. Warum bist du überhaupt hier?«

»Wir brauchen dich in Samedan. Der Tatort ist bei mir um die Ecke. Danach kannst du die Maschine gleich mitnehmen.«

»Du machst Witze, ich habe gekündigt.«

»Aber Gisler hat deine Entlassung noch nicht bestätigt. So lange hast du bloß Urlaub. Und Urlaub kann man widerrufen.«

»Hat er das getan?«

»Noch nicht. Wir hoffen auf dein freundliches Entgegenkommen.«

Meta schaltete sich ein. »*Mein* Entgegenkommen. Er hat den Dienst meinetwegen quittiert.«

»Auch«, sagte Capaul.

»Jedenfalls will ich nicht, dass du mitgehst.«

Jon Luca sagte freundlich: »Es geht um Bernhild, die Wirtin im Wassermann. Massimos ehemalige Schlummermutter.«

Capaul erschrak. »Was ist passiert? Ist sie tot?«

»Sie nicht, einer ihrer Gäste.«

»Ist sie verletzt?«

»Nein, aber sie braucht dich. Steig ein, und ich erzähle dir alles.«

»Ich will das nicht, Massimo«, wiederholte Meta entschieden.

»Meta, ich kann Bernhild doch nicht hängen lassen!«

»Mich schon?« Sie stand resolut auf, nahm den leeren Teller und ging um die Ecke. Die Haustür knallte.

Capaul stand auf und klopfte nochmals die Kleider ab. »Ich komme mit, aber als Bernhilds Freund, nicht als Polizist.« Dann folgte er Jon Luca zum Einsatzwagen.

»Spinnt dein Handy wieder?«, fragte Jon Luca, während er auf die Kantonsstraße einbog. »Ich habe bestimmt fünfmal versucht, dich anzurufen.«

»Wozu brauche ich jetzt noch ein Handy? Wir leben so in den Tag hinein.«

»Na hör mal, jeder braucht ein Handy. Hast du keinen Kontakt mehr zu der Kleinen in St. Moritz?«

»Lisa? O doch, aber Meta hat ein schönes altmodisches Wandtelefon. Und jetzt erzähl mir endlich, was passiert ist.«

Jon Luca schaltete noch das Blaulicht ein und beschleunigte auf hundert, dann begann er zu berichten. Ab und zu musste er unterbrechen, weil er zum Überholen die Sirene aufheulen ließ und Capaul dann nichts mehr verstand.

Bernhild hatte am Morgen kurz nach sieben die Notrufnummer gewählt und einen Toten in einem ihrer Gästezimmer gemeldet. Auf die Frage, woher sie wisse, dass die Person tot sei, hatte sie geantwortet: »Er hat jedenfalls ein Loch im Rücken und bewegt sich nicht.« Jon Luca und sein Kollege Linard kamen gleichzeitig mit dem Notarzt an. Im Dachzimmer lag ein alter Mann nackt am Boden, jemand hatte ihn von hinten erschossen, sauber durchs Herz. Während Linard aufpasste, dass der Notarzt nicht die Spuren verwischte, ging Jon Luca runter zu Bernhild, die hinter dem Tresen Kaffeegeschirr parat stellte. Vor dem Wassermann stand inzwischen eine ganze Traube Menschen. Laut Bernhild handelte es sich um Touristen, die sich im Wassermann zu einer Stadtführung trafen, dazu kamen ein paar Stammgäste. »Ich wusste nicht, ob ich sie reinlassen darf.« Jon Luca ging raus und erklärte, dass das Wirtshaus geschlossen bleibe, dann kehrte er zurück und begann damit, sie zu befragen. Ob sie wisse, wer geschossen habe. »Darauf muss ich nicht antworten, oder?« Nein, musste Bernhild nicht. Wann sie den Toten entdeckt habe. Gleich vor dem Anruf. Wer zu der Zeit im Haus gewesen sei. Nur sie und der Indianer.

Capaul wunderte sich. »Indianer?«

»Der Tote. Alle hier nannten ihn so. Gebürtiger Oberengadiner, war allerdings lange in Amerika. Eigentlich hieß er Theophrast Troutsch. Einundsiebzig Jahre alt, Vertreter von Landwirtschaftsmaschinen.«

»Nicht pensioniert?«

»Weiß ich nicht. Bernhild und er waren die ganze Nacht allein im Haus, jedenfalls nahm sie das an. So um elf Uhr abends ging er auf sein Zimmer, sie schloss die Haustür ab und ging auch schlafen. Als er am Morgen nicht zum Frühstück kam, ging sie hoch und fand die Leiche. Ich: ›Und du bleibst dabei, dass sonst keiner im

Haus war und auch keiner reinkam?‹ Sie: ›Theo geht ohne Stiefel nicht mal aufs Klo. Das Gepolter hätte ich gehört.‹ ›Aber wer soll es dann gewesen sein?‹ Sie sagt nichts. Ich: ›Wie steht es mit dem Schuss, hast du den gehört?‹ Sie: ›Das hat ganz schön geknallt.‹ Ich frage noch, wann sie den Schuss gehört hat, warum sie nicht nachgesehen hat, solche Dinge. Aber sie antwortet nicht mehr. Als ich frage, ob sie mit mir auf den Posten kommt, nickt sie und steht ohne Widerrede auf. Erst als ich frage, wo sie die Tatwaffe versteckt hat, stutzt sie. ›Hab ich einen Fehler gemacht?‹, fragt sie. Ich: ›Womit?‹ Sie: ›Hätte ich nicht mitkommen sollen?‹ ›Völlig egal, ob du mitkommst oder im Wirtshaus wartest, bis wir den Haftbefehl haben‹, sage ich. Danach schweigt sie, auch auf dem Posten. Erst als ich ihr vorschlage, einen Anwalt kommen zu lassen, sagt sie: ›Ich will, dass Massimo kommt.‹ Ich erkläre ihr, dass ein Anwalt wohl dringender wäre, aber sie bleibt dabei: ›Ich brauche Massimo.‹«

Sie hatten Samedan erreicht, und Jon Luca bog von der Kantonsstraße ab.

»Können wir noch schnell beim Wassermann vorbei?«, bat Capaul.

Jon Luca parkte beim Bahnhof. Das Sträßlein, in dem der Gasthof lag, war von mehreren Polizeiwagen blockiert.

»Roman und Barbla aus Zernez helfen bei der Spurensicherung, Meierhans aus St. Moritz sichert ab«, erklärte Jon Luca.

Die Touristen waren fort, nur ein paar Gaffer standen herum, darunter auch Bernhilds Stammgäste, die Capaul alle kannte: Frank, Peter, Mosse, Martin. Mit betretenen Mienen standen sie auf den Schneehaufen, die die Gasse säumten, traten fröstelnd von einem Bein aufs andere und nippten an ihrem Büchsenbier. Samedan lag spürbar höher als Lavin.

Capaul und Jon Luca wollten an Meierhans vorbei in die Wirtsstube, aber Capaul wurde zurückgehalten.

»Nur Dienstpersonal«, sagte Meierhans.

»Mensch, das ist Capaul«, sagte Jon Luca. »Er gehört zu uns.«

»Tut mir leid, das ist die Anweisung.«

»Er hat ja recht«, sagte Capaul, und während Jon Luca allein reinging, wandte er sich den wartenden Männern zu. »Wo habt ihr das Bier her?«

»Vom Kiosk«, antwortete Peter. »Mensch.« Für mehr fehlten ihm die Worte.

»Mensch«, sagte auch Mosse. »Schöne Tragödie.«

»Was ist denn genau passiert?«, fragte Capaul.

Frank sagte: »Sie hat den Indianer umgelegt.«

»Wer ist sie?«

»Na, Bernhild.«

»Das ist überhaupt noch nicht raus«, erklärte Peter.

»Na hör mal. Sie haben sie doch schon hopsgenommen. Und wer sonst soll die Leiche gewesen sein, die sie vorhin abtransportiert haben? Außerdem passt alles bestens zusammen.«

»Was passt bestens zusammen?«

»Na, es war verschmähte Liebe«, sagte wieder Mosse. »Wie im Film.«

»So ein Quatsch«, rief Peter. »Das war doch schon

lange vorbei. Besser gesagt, da war überhaupt nie was. Eine aufgewärmte Jugendschwärmerei, nichts weiter.«

Martin grinste. »Du musst es ja wissen.«

»Seid ihr denn wieder zusammen?«, wandte Capaul sich an Peter.

»Was heißt ›wieder‹? Wir hatten ein, zwei kleine Krisen, meinetwegen. Aber wahre Liebe hält das aus.«

Mosse brach in schallendes Gelächter aus. »Kleine Krisen ist ja gut! Jetzt bist du mit einer Knacki liiert.«

»Peter, hör einfach weg«, riet Frank.

Der war sowieso abgelenkt, weil jetzt Barbla und Linard in weißen Übergewändern und mit einigen Beuteln Beweismaterial aus dem Gasthaus kamen und in einem der Kastenwagen verschwanden.

»Was Schweres war nicht dabei«, stellte er mit verhaltenem Triumph fest. »Solange sie die Tatwaffe nicht haben, ist nichts bewiesen.«

»Da antworte ich nur: ›DNA-Analyse‹«, sagte Martin. »Heutzutage reicht ein bisschen Spucke.«

»Nicht, um Bernhild in ihrem eigenen Gasthaus zu überführen, du Trottel. Dort wimmelt's sowieso von ihrer DNA. Die brauchen schon was Handfestes. Stimmt's, Capaul?«

Der zuckte mit den Achseln. »Die Tatwaffe zu haben ist nie schlecht. Noch besser ist ein Geständnis. Am allerbesten beides.«

»Wieso stehst du eigentlich hier rum?«, fragte Frank. »Um uns auszuhorchen? Von uns war's bestimmt keiner.«

»Bernhild hat mich gebeten, ihr zu helfen. Ich weiß nur noch nicht wie.«

Peter sah ihn überraschend scharf an. »Mit dir hat doch die ganze Misere begonnen.«

»Wieso mit mir? Ich kannte diesen Indianer überhaupt nicht.«

Peters Augen funkelten. Er wollte noch etwas sagen, dann wandte er sich aber nur schweigend ab und trank sein Bier aus.

II

Dann kam auch Jon Luca zurück. »Komm«, sagte er und ging zum Auto.

»Weißt du schon mehr?«, fragte Capaul.

»Nein. Die Kugel haben wir, die Waffe nicht. Es wimmelt von möglichen Spuren, aber Kunststück, da drin wurde auch länger nicht richtig geputzt. Zimmer 20, sagt dir das was?«

»Ja, da habe ich damals auch gewohnt. Das einzige Zimmer unterm Dach.«

»Und was sagen Bernhilds Kumpanen?«

»So konkret nichts. Sie munkeln was von Eifersucht, aber Peter sagt, das sei Quatsch. Peter ist Bernhilds Freund. Oder war es.«

»Dann hoffe ich mal, du kitzelst aus Bernhild ein Geständnis raus, oder wir finden wenigstens die Waffe. Sonst müssen wir Peter auch noch in die Zange nehmen.«

Die paar Hundert Meter ins Dorfzentrum und zum Polizeiposten fuhren sie schweigend. Jon Luca ließ Capaul aussteigen und parkte, Capaul ging aufs Revier, direkt durch zur Zelle und drückte den Türöffner.

Bernhild saß in einem geblümten Putzkleid und mit verrutschtem lachsrotem Haarteil auf dem Bett. Die Filzpantoffeln der Schweizer Armee, in denen er sie zu Weihnachten angetroffen hatte, hatte sie wieder gegen ihre altbewährten grasgrünen Crocs eingetauscht. Bis auf etwas Lippenstift war sie ungeschminkt, und der schien von gestern zu sein.

»Gaff mich nicht so an, bei einer Sechsundsechzigjährigen gehört sich das nicht.«

Capaul log: »Gut siehst du aus«, zog den einzigen Stuhl herbei und setzte sich ihr gegenüber. »Kein Wunder, dass Peter dich bis aufs Blut verteidigt.«

Bernhild richtete sich auf und sah ihn mit einer Mischung aus Erschrecken, Verwunderung und Stolz an. »Heißt das, er hat gestanden?«

»Nein. Glaubst du, er war's?«

Sie ging darauf nicht ein. »Was hast du dann gemeint?«

»Er hat laut und klar gesagt, dass ihr ein Paar seid und es immer wart. Das freut mich zu hören.«

Bernhild schrumpfte wieder. »Ein Paar«, wiederholte sie matt. »Beim Jassen gibt's das vielleicht. Wir Menschen sind doch alles hoffnungslose Einzelgänger. Oder geht es dir mit dieser Meta etwa besser?«

»Mal so, mal so. Aber wer war es dann?«

»Was?«

»Wer hat den Indianer erschossen?«

Sie schwieg eine Weile, während sie mit zusammengekniffenen Augen ins Leere sah, als müsste dort etwas geschrieben stehen, das sie in ihrer Kurzsichtigkeit nicht erkannte. Dann schüttelte sie den Kopf und wandte sich wieder Capaul zu. »Ist doch egal, er hat es hinter sich. Ein Schuss, und alles Elend ist vorbei. Du hast doch in so einer Klinik gearbeitet, du verstehst das.«

»Wenn du damit sagen willst, dass es eine Art Sterbehilfe war, so was haben wir nicht gemacht. War der Indianer krank?«

»Kommt drauf an, von welcher Krankheit du redest. Das ganze Leben ist eine Krankheit.«

»Von der du ihn befreit hast.«

Sie sagte nichts.

»Und jetzt hoffst du auf mein Verständnis.«

Noch einige Sekunden schwieg sie, dann sagte sie: »Auf so einen Blödsinn würde ich ja gern was antworten, aber ich kann nicht.«

»Warum nicht?«

»Ich kann eben nicht.«

»Bleibst du dabei, dass du mit dem Indianer die ganze Nacht allein im Haus warst?«

»Ich habe nur gesagt, ich hätte gehört, wenn er jemandem aufgemacht hätte. Seine Stiefel hat er höchstens zum Duschen ausgezogen.«

»Und im Bett wohl.«

»Zum Schlafen vielleicht. Zum Bumsen musste er sie nicht ausziehen, er hatte Unterhosen mit so Seitenschleifchen.«

»Und wie kam er aus den Hosen raus?«

»Was weiß ich, vielleicht schob er sie nur runter.«

»Warum weißt du das nicht?«

»Wieso sollte ich?«

»Aber du weißt, was für Unterhosen er hatte.«

»Weil ich sie ihm gewaschen habe. Deine Wäsche kenne ich ja auch. Ich dachte, du interessierst dich für die Stiefel. Erst dachte ich, er hat Fußschweiß, aber das war es nicht. Irgendwann hätte ich das gerochen. Jedenfalls hatte er irgendeinen Fimmel, und deshalb ist er auch nachts, wenn er mal aufs Klo musste, mit einem Mordslärm die Treppe runtergepoltert.«

»Hatte er noch andere Fimmel?«

»Seine Tätowierungen. Hast du die nicht gesehen?«

»Ich habe noch gar nichts gesehen. Und warum nannte man ihn den Indianer?«

»Das ist erst seit, ich weiß nicht, etwa zwanzig Jahren so. In unserer Jugend war er der Theo oder der Phrasti. Dann war er lange weg, auch etwa zwanzig Jahre. Und als er wieder auftauchte, trug er diese Lederstiefel und eine Lederjacke mit Fransen und erzählte, dass er in Amerika bei den Apachen gelebt hatte. Keine Ahnung, ob das stimmt.«

»Dann müsste er auch eine Indianersprache gelernt haben.«

»Konnte er auch ein paar Sätze. Er hat aber behauptet, dass die Indianer von heute englisch reden. Und dass er dort gemerkt hat, dass er im Herzen auch ein Indianer ist und deshalb nie lange an einem Ort bleiben kann. Deshalb hat er dann auch Landwirtschaftsmaschinen vertrieben, da kommt man in der ganzen Schweiz rum.«

»Was war er denn davor gewesen?«

»Lass mich nachdenken. Ursprünglich Knecht, glaube ich. Im Winter war er Gemeindearbeiter, Schneeräumung.«

»So lange kennst du ihn schon?«

»Hier oben kennen sich alle. Er war ja aus Celerina. Und er war der Mädchenschwarm schlechthin. Jede, aber wirklich jede war hinter ihm her.«

»Wieso?«

»Oh, da gäbe es viel zu sagen. Er hatte so was Leichtes, Kindliches. Man hatte das Gefühl, bei ihm gibt's nichts Schlechtes. Auf der Alm, da gibt's koa Sünd, so in der Art. Dazu war er schön wie ein Gott. Und klug, bescheiden, irgendwie vornehm.«

»Warst du auch hinter ihm her?«

»Ich? Geschwärmt habe ich bestimmt, aber für mehr war ich viel zu jung. Dachte ich wenigstens. Obwohl ich ja schon auch was hergemacht habe. Habe ich dir erzählt, dass ich mal Seite-drei-Girl im *Blick* war?«

»Du hast mir sogar das Foto gezeigt.«

»Seitdem ist er jeden Tag in den Wassermann gekommen.«

»Was, damals warst du schon Wirtin?«

»Servierdüse. Der Theo hat ganz schön um mich gebuhlt. Mein Wirt, der Alfons, hat mich gewarnt: ›Der will dich nur flachlegen.‹ Aber so war der Theo gar nicht. Er wollte mit mir reisen, nach Indien, und irgendwann in eine Villa am Comer See ziehen. Das war irgendwie sein Traum. Damals hat er auch sein erstes Tattoo stechen lassen, eine Nixe, weil ich doch im Wassermann serviere. Das habe ich zufällig entdeckt, er war viel zu schüchtern, um es mir zu zeigen. Nimfa hat er mich für sich genannt, das heißt Nixe auf Romanisch. Ja, und dann kamen wir zusammen, und es war alles nicht so toll wie gedacht. Wir haben uns Mühe gegeben, aber irgendwie sollte es nicht sein. Nach zwei Monaten oder so sind wir wieder auseinander. Trotzdem war er meine erste große Liebe, und ich habe es lange nicht überwunden. Vielleicht nie.«

»Du hattest aber danach schon einige andere, oder?«

»Nicht wirklich. Ein paar Jahre lief gar nichts. Danach hat Alfons gesagt: ›Hör mal, ich bin jetzt auch schon sechzig, und wenn du mich heiratest, spare ich deinen Lohn, dafür erbst du mal den Gasthof.‹ Da hab ich Ja gesagt. Alfons wurde dann fast neunzig, die letzten zehn Jahre lebte er im Heim. Aber ich blieb ihm treu. Außer einmal. Da kam der Indianer von seiner großen Reise zurück und gleich zu mir. Wir hatten noch eine Nacht zusammen, eine einzige. In der hat er mir auch erzählt, dass er zum Rumziehen geboren ist, und da wusste ich, wenn ich jetzt nicht loslasse, bin ich für den Rest des Lebens unglücklich. Jedes Jahr, wenn seine Reise ihn ins Engadin geführt hat, ist er im Wassermann abgestiegen, aber ich bin eisern geblieben. Dann starb Alfons, und danach kam Peter.«

»Das war's?«, fragte Capaul erstaunt, als sie nicht weitersprach.

»Das war's.«

»Warst du nicht letztes Jahr auch in mich verschossen?«

»Doch, und wie. Aber wie du weißt, wurde nichts draus.«

»Und mit dem Indianer war wirklich rein gar nichts mehr? Peter …«

Bernhild hatte den Blick abgewandt und sah aus dem Fenster. »Was sollte gewesen sein?«, unterbrach sie ihn. »Wir waren beide nicht mehr im Alter für Abenteuer.«

»Okay«, sagte Capaul. »Trotzdem …«

Und schon wurde er wieder unterbrochen. Jon Luca schob die Tür auf, die Capaul nur angelehnt hatte, und bat: »Kann ich dich kurz sprechen?«

Capaul entschuldigte sich bei Bernhild und trat auf den Flur.

»Hat sie inzwischen gestanden?«, fragte Jon Luca.

»Nein.«

»Frag sie mal was zur Waffe. Die Kugel, die wir gefunden haben, war eine 9 mm Parabellum. Der Ballistiker am Zürcher Institut für Rechtsmedizin tippt anhand der Fotos mit neunundneunzig Prozent Wahrscheinlichkeit auf die Armeepistole 49.«

»Eine SIG P210? Das ist doch schon mal was.«

»Nur wurden davon mehr als hunderttausend Stück hergestellt. In der Armee war sie bis in die Siebziger die Nahfeuerwaffe schlechthin. Und damals übernahmen die meisten Wehrmänner ihre Waffen nach dem Ausscheiden aus der Armee noch. Thorsten, der Ballistiker, schätzt, dass bei uns im Graubünden noch etwa jeder zweite oder dritte Haushalt eine Armeewaffe hortet.«

Capaul nickte. »Ich höre mir mal an, was Bernhild dazu sagt. Aber bring ihr doch irgendwas Essbares, sie sieht aus, als hätte sie noch überhaupt nichts im Magen.«

Jon Luca zog eine Nussstange aus der Jackentasche und hielt sie ihm hin. »Habe ich bei ihr gemopst.«

Capaul nahm sie. »Und eine Frage noch: Hatte der Tote Schuhe an?«

»Nein, der trug nur seine Tattoos. Marx macht gerade Fotos davon. Zum Schießen – also im übertragenen Sinn.«

Capaul ging in die Zelle zurück und reichte Bernhild die Nussstange. Sie legte sie neben sich aufs Bett, doch Capaul erklärte: »Es ist wichtig, dass du isst. Unterzuckerung schlägt aufs Gemüt.«

Gehorsam packte sie sie aus und nagte mit kleinen, hastigen Bissen daran wie ein Eichhörnchen.

»Ich denke gerade an letzten Herbst«, sagte Capaul nach einem Weilchen. »Als ich damals einmal von meinem Einsatz in Lavin zurückkam, hast du mir unter die Nase gerieben, dass du ein Date hattest. Und zwar nicht mit Peter. Und zu Weihnachten hattest du deinen Look verändert. Jetzt allerdings sagst du, es war nichts.«

Sie hob die Schultern.

»Peter wiederum hat heute von euren Krisen geredet. Was mag er damit gemeint haben?«

»Das weißt du wohl selbst am besten.«

»Er hat nicht von mir gesprochen. Oder nicht nur.«

»Diese Nussstange ist furztrocken. Bekomme ich was zu trinken?«

Capaul füllte ihr am Waschbecken den Zahnputzbecher mit Wasser, dann setzte er sich wieder. »Vielleicht ist es egal, ob du etwas mit dem Indianer hattest. Aber nicht egal ist, ob Peter dich verdächtigt hat. Ob er eifersüchtig war. Ich nehme an, er geht nach wie vor bei dir ein und aus?«

Bernhild machte eine unbestimmte Bewegung mit dem Kopf.

»Dann wäre es ihm doch ein Leichtes, irgendwann unbemerkt eines der Fenster im Erdgeschoss zu entriegeln und nachts dort heimlich einzusteigen.«

Abrupt stand Bernhild auf. Sie stellte den Becher zurück, dann ging sie zum Fenster und sah hinaus. »Das genau ist es, was ich befürchtet hatte. Peter war es nicht.«

»Warum bist du dir so sicher?«

»Ich weiß es eben. Es gibt viele, die infrage kommen. Einer wie der Indianer hat nicht nur Freunde. Aber nicht Peter.«

»Wer war denn am Tag davor alles im Wassermann? Könntest du eine Liste machen?«

Nach kurzem Zögern sagte sie: »Nein.«

»Kannst du nicht oder willst du nicht?«

»Es waren zu viele. Und ich habe nicht immer serviert. Peter hat ausgeholfen. Wir hatten viele Touristen.«

Capaul dachte nach. »Es ist nun mal eine Tatsache, dass der Indianer erschossen wurde. Vielleicht war es gar kein Mord, sondern tatsächlich eine Art Sterbehilfe. Marx, der Gerichtsmediziner, wird uns bald sagen können, wie es um seine Gesundheit stand. Doch Fakt ist, jemand hat geschossen. Entweder du oder jemand, der sich ins Haus geschlichen hat. Du kannst nicht gleichzeitig dich selbst und alle anderen schützen.«

»Doch, das kann ich. Dafür habe ich dich gerufen.«

Capaul lachte ungläubig. »Was, damit ich den Mord aus der Welt zaubere?«

»Jetzt sagst du doch ›Mord‹.«

»Damit ich den Todesfall aus der Welt zaubere?«

»Ja, genau. ›Jenseits von Richtig und Falsch liegt ein Ort. Dort treffen wir uns.‹«

»Was ist das denn?«

»Ein Gedicht. Tu nicht so unschuldig, du verstehst mich sehr gut.«

Capaul begann zu schwitzen. »Hältst du mich etwa für einen Rechtsverdreher?« Tatsächlich war er in seiner kurzen Laufbahn als Polizist nicht frei von Schuld geblieben. Aber es war sehr unwahrscheinlich, dass ausgerechnet Bernhild davon wusste.

Ihre Gedanken bewegten sich inzwischen in einer ganz eigenen Sphäre: »Ich kann gut sterben, Massimo. Irgendwie beneide ich den Theo sogar. Ein Knall, und alles ist vorbei. Was soll denn noch besser werden? Ich weiß, dass du mir helfen wirst. Ich weiß nicht, wie. Ich weiß nicht mal, welche Hilfe ich mir wünsche. Aber ich weiß, dass du, Massimo, das Zeug zu allem hast. Zum Schutzengel, zum Racheengel, zum Hexer. Menschen wie du verdrehen nicht das Recht, sondern die Wirklichkeit.«

»Du weißt, dass du da riesengroßen Blödsinn redest?«

»Nein.«

»Was, ›nein‹?«

»Nein halt.«

Capaul schüttelte ratlos den Kopf. »Jedenfalls kann ich dir nicht helfen, wenn du mir nicht hilfst.«

Mit einem theatralischen Seufzer kehrte sie zum Bett zurück, legte sie sich hin und schloss die Augen. »Und wie?«

»Indem du offen mit mir redest.«

»Das eben war sehr offen.«

»Mag sein. Erzähl mir, wie es dir geht.«

»Etwas schlecht ist mir. Wahrscheinlich von dieser Nussstange. Bekomme ich eine Suppe?«

»Gleich. Ich meine, wie es dir nach dem Tod des Indianers geht. Was macht das mit dir?«

Sie setzte sich wieder auf und starrte ihn an. »Ganz ehrlich?«

»Ja, bitte.«

»Nichts. Mir geht nur das Bild nicht aus dem Kopf, wie dieses Würmchen da blass und schrumpelig auf dem Spannteppich liegt. Ich hatte ihn nie ganz nackt gesehen, schon gar nicht bei Tageslicht.«

»Kurz nach sieben dämmert es erst.«

»Das stimmt. Dann hatte wohl das Licht gebrannt.«

»Kein großer Verlustschmerz? Immerhin war er die Liebe deines Lebens.«

»Noch nicht. Vielleicht kommt das ja noch.«

»Verstehe. Darf ich noch was fragen?«

»Aber danach gibt's Suppe, ja?«

»Hast du Waffen im Haus?«

»Kommt drauf an, was du meinst. Hinter der Theke habe ich Pfefferspray, und einmal habe ich einen mit dem Feuerlöscher rausgejagt.«

»Schusswaffen? Einen Revolver?«

»Keine Ahnung. Vielleicht hatte Alfons was. Das wäre in einer der Kisten auf dem Dachboden. Da bin ich nie rangegangen. Meinetwegen sieh nach.«

»Das darf ich nicht. Hat Alfons Wehrdienst geleistet?«

»Keine Ahnung. Als ich bei ihm angefangen habe, war er aus dem Alter raus. Was ich erinnere: Wenn ihm ein Gast dumm kam, hat er eine Weinflasche am Hals gepackt und ihm damit gedroht. Wenn es ganz schlimm wurde, hat er erst den Boden abgeschlagen. Das hat genügt. Und sonst sind die anderen Gäste eingesprungen.«

»Bei dir auch?«

»Klar, manchmal muss das sein.«

»Ist der Indianer dir mal dumm gekommen?«

Sie schüttelte den Kopf.

»Peter? Oder sonst ein Stammgast?«

»Dann wäre er kein Stammgast mehr.«

»Gab es das mal? Dass du einem Hausverbot erteilt hast?«

»Klar, gelegentlich schlägt sich einer den Bauch voll und kann dann nicht zahlen. Apropos, die Suppe.«

»Kommt sofort. Ich kann dir auch einen Döner bestellen.«

»Nein, Suppe reicht.«

Capaul ging rüber in die Küche, rührte eine Instantsuppe an und brachte sie ihr mit einer Packung Kräcker.

»Allerletzte Frage: Wieso hatte der Indianer keine Schuhe an?«

»Hatte er nicht? Vielleicht kam er mir deshalb so armselig vor.«

»Aber eine Erklärung hast du nicht?«

»Offenbar kam er direkt aus dem Bett. Zum Schlafen wird er sie wohl ausgezogen haben.«

»Ja, stimmt.«

Inzwischen hatte Gisler bereits zweimal nach ihr gerufen. Capaul schloss die Zelle und ging hinüber in Gislers Büro.

III

Gisler kämmte gerade seinen schlammfarbenen Schnauzbart mit etwas, das aussah wie eine abgesägte Zahnbürste. Die sonst so buschigen Koteletten hatten das offenbar schon hinter sich und saßen stramm wie angeklebt auf den Wangenkochen. Gleichzeitig studierte er etwas im Laptop.

Als Capaul eintrat, lehnte er sich wohlig seufzend zurück. »Ah, Capaul! Seit Sie die Demission eingereicht haben, höre ich überall Lobhudeleien über Sie. Warum nicht gleich so?«

Capaul zog verwundert die Brauen hoch. »Zuletzt war ich in St. Moritz bei Ralf und Claude, und die haben mir schon am ersten Tag einen ganzen Katalog von Unzulänglichkeiten angehängt.«

»Ich bitte Sie, was kann man von Gemeindepolizisten schon erwarten. Sie sollten hören, wie der St. Moritzer Anwalt Widbert Schmäh von Ihnen schwärmt. Wir sind zusammen im Lions Club. Und die Milliardärin Franziska Gruber, Dauergast im Engadin, hat mir nicht nur einen Scheck gesandt, mit dem sie Ihre Ausbildungskosten zurückerstatten und Sie damit quasi freikaufen will. Sie hat geschrieben, dass ein Talent wie Sie nicht bei der Polizei vergeudet werden darf, weshalb sie Ihnen die Leitung einer wohltätigen Stiftung anvertraut.«

»Ja, das ist richtig«, sagte Capaul bescheiden. »Ein Ehrenamt.«

»Das mich allerdings eher motiviert, Sie bei uns zu behalten. Ich überlege, den Scheck zurückzuweisen. Dass es aus juristischer Sicht höchst grenzwertig ist, einen ehrenamtlichen Stiftungsratspräsidenten mit einer fünfstelligen Summe zu ködern, können Sie sich denken. Und ohne Rückerstattung der Ausbildungskosten kommen Sie ja nicht frei.«

»Das ist nicht ganz richtig. Es gibt noch jemand anderen, der mir das Geld borgen würde.«

»Meta Stupan, nehme ich an.«

»Woher wissen Sie das?«

»Ich zähle nur eins und eins zusammen. Ganz ohne Fähigkeiten wird man nicht Polizeioffizier. Eine Laufbahn übrigens, die Ihnen auch gut anstünde.«

»Mir? Wohl kaum! Und wie gesagt, ich bin draußen.«

»Wenn Meta denn eines Tages das Geld von der Versicherung kriegen sollte. So was kann sich endlos hinziehen, vor allem wenn die Polizei Nachuntersuchungen anstellen muss.«

Capaul schoss bereits wieder der Schweiß aus den Poren. »Warum? Was für Nachuntersuchungen?«

»Das weiß ich jetzt noch nicht. Was ich sagen will, ist: Überlegen Sie es sich noch mal. Ein Polizist, der sich mit den oberen Zehntausend gut versteht, kann viel erreichen. Im Engadin sind es wohl eher die oberen Hundert. Jetzt erzählen Sie mir aber, was Sie aus dieser Bernhild rausgekitzelt haben.«

Capaul zögerte. »Ich glaube nicht, dass ich das muss. Ich war privat bei ihr.«

»Ein Polizist ist nie privat. Sie stehen immer noch unter Eid. Also war sie es oder nicht? Wenn Sie mich fragen, war es ein klares Eifersuchtsdelikt. Er hat Bernhild schöngetan, Sie ist ihm verfallen, er hat mit einer anderen rumgemacht. Bernhild stellt ihn, und peng.«

»Und wer ist die andere?«

»Werden wir anhand der Spuren noch rausfinden. Der Kreis der Verdächtigen ist schon mal eingeschränkt dadurch, dass sie sich nicht bei uns gemeldet hat. Vermutlich ist sie verheiratet und hat Angst, dass ihr Seitensprung auffliegt.«

»Und wie kommt es, dass Bernhild ihn von hinten erschießt?«

»Gute Frage.« Gisler strich sich nochmals die Koteletten glatt. »Vielleicht wollte er die andere mit seinem Körper abschirmen. Der Indianer starb den Heldentod.« Er konnte ein Kichern nicht unterdrücken.

»Was ist daran so witzig?«

Gisler winkte ab. »Sehen Sie sich nachher die Unterlagen von Marx an.« Abermals kicherte er.

»Ihre Theorie, Herr Gisler, hat nur einen Haken«, stellte Capaul fest. »Bernhild versichert glaubhaft, dass sie mit dem Indianer in den letzten zwei Jahrzehnten nur noch platonisch befreundet war.«

»Platonisch befreundet, Donnerwetter«, wiederholte Gisler, suchte gleichzeitig etwas in seinem Laptop und drehte es dann so, dass Capaul auf den Bildschirm sehen konnte. Er zeigte das Foto einer Tätowierung in Herzform, das Herz war durchstochen von einem Dreizack, und in einer Art Knebelschrift stand dort: *»Bernhild, la nimfa in mieu flüm da vita.«*

»Bernhild, Nixe in meinem Lebensfluss«, übersetzte Gisler genüsslich.

Capaul nickte. »Davon hat sie mir erzählt. Das war sein erstes Tattoo, da waren beide noch sehr jung.«

»Nein, jenes Tattoo war ein anderes.« Gisler suchte abermals und zeigte Capaul eine andere Tätowierung, im Unterschied zur ersten sehr unscharf und blass, die eine großbusige Nixe zeigte. Das wallende Haar formte eine Reihe von Buchstaben, in denen man die Inschrift »Nimfa B.« erahnen konnte.

»Jenes Tattoo war echt«, betonte Gisler. »Das Herz ist nur ein Henna-Tattoo, das nach ein paar Wochen wieder verschwindet. So wie dasjenige, das Marx mit Schwarzlicht oder so wieder sichtbar gemacht hat: ›Sophie, dich verlass ich nie.‹ Oder dieses hier: ›*Giulia per sempre*.‹«

Capaul sah sich die Bilder an. »Diese Frauen müssen doch die anderen Tattoos gesehen haben.«

»Laut Marx sind sie ohne Bearbeitung kaum noch zu erkennen. Dazu befindet sich eines an der linken Wade, eines an der Innenseite des linken Oberarms – nahe dem Herzen, wie romantisch –, das dritte an der Lende.«

Er zeigte Capaul zwei Ganzkörper-Fotos, auf denen Marx die Position der Tätowierungen mit Pfeilen markiert hatte. Interessanterweise war der Körper ganz blass, das braun gebrannte Gesicht wirkte dagegen fast künstlich – so als hätte jemand zwei falsche Teile zusammengesetzt.

»Die Gesichtsbräune ist auch Henna«, bemerkte Gisler.

»Ach, wirklich? Dass das geht, wusste ich gar nicht.« Capaul sah sich nochmals das Hennaherz mit Bernhilds Widmung an. »Das Herz bedeutet aber nicht, dass Bernhild darauf reingefallen wäre. Oder dass sie es überhaupt nur gesehen hätte.«

»Nein, das heißt es tatsächlich nicht.«

»Schön, und wie weiter?«

»Ich würde sagen: Capaul, bleiben Sie dran.«

Gisler schob ihm das Laptop zu, erhob sich und ging summend aus dem Büro.

Capaul scrollte noch einmal die Fotos von dem Indianer durch, dann las er die Online-Akte. Theophrast Troutsch, Jahrgang '50, war ein Heimkind gewesen. Nach einigen Jahren als Knecht hatte er sich in der Organisation von Cartrennen versucht, illegale Wetten veranstaltet und eine Pferdepension geführt, die das Veterinäramt bald wegen Misshandlung und Vernachlässigung der Tiere schloss. Er ließ sich zum Vertreter für Landwirtschaftsmaschinen schulen, wurde als Heiratsschwindler in mehreren Fällen zu drei Jahren Haft verurteilt, floh jedoch und blieb lange untergetaucht. Offenbar arbeitete er in Argentinien auf einer Fleischfarm. Weshalb er zurückkehrte, ließ die Akte offen, vielleicht hatte ihn ganz einfach das Heimweh geplagt. Nachdem er seine Strafe abgesessen hatte, ging er wieder als Vertreter auf Reisen, spezialisiert auf Ersatzteile für Landwirtschaftsmaschinen. Die letzten Fotos als Lebender zeigten ihn in einer Art Trapperkleidung, ein rüstiger Greis mit rotbraunem Teint, Pferdeschwanz und frisch gestutztem »Henriquatre«

(so stand es im Steckbrief): Kinnbart, Schnauzbart, rasierte Wangen.

Capaul wählte die Nummer des Gerichtsmediziners Fritz Marx.

»Hurra, mein *engiadinais favurieu*«, begrüßte ihn Marx. »Dabei hieß es schon, du seist abgemeldet.«

»Wäre ich gern, doch so einfach ist das nicht. Die Hauptverdächtige im Fall Troutsch ist meine frühere Wirtin, und sie hat mich gebeten, ihr zu helfen. Das nutzt Gisler aus.«

»Das ist so die Form von Intelligenz, mit der man Karriere macht. Übrigens ist auch dieser Troutsch eine ganz schöne Nummer, ich hatte eine vergnügte letzte Stunde. Wieso rufst du an, was willst du wissen?«

»Ob er irgendwie unheilbar krank war. Kann es eine Art Sterbehilfe gewesen sein?«

»So weit bin ich noch nicht. Allerdings müsste er dann seinen Abgang ziemlich bacchantisch geplant haben.«

»Hatte er Alkohol im Blut?«

»Nur wenig. Aber umso mehr Sildenafil, das ist der Wirkstoff von Viagra. Und weil er einen satten Herzschuss kassiert und das Herz also kein Blut mehr transportiert hat, besaß die Leiche einen anhaltenden Ständer.«

»Besaß oder besitzt?«

»Inzwischen habe ich die Schwellkörper entfernt, um einem philosophischen Rätsel auf die Spur zu kommen. Der Junge war ein kleiner Aristoteles. Warte, ich lade noch ein paar Fotos hoch.«

Capaul widmete sich wieder dem Laptop, scrollte

nach unten und sah in Echtzeit, wie weitere Fotos auf den Bildschirm geschoben wurden, Nahaufnahmen eines erigierten Glieds. Der Penis war mit einer umlaufenden Zeile beschriftet, die rechts vorn bei der Eichel begann, dem Schaft entlang zurücklief, die rasierte Peniswurzel überquerte und auf der anderen Seite wieder bis zur Eichel reichte.

»Aua, das muss beim Stechen ganz schön wehgetan haben«, stellte er fest und entzifferte: »›Der Geist ist willig, doch das Fleisch ist schwach.‹ Ist das nicht eher ein Kalauer als hohe Philosophie?«

»Nur auf den ersten Blick«, versicherte Marx. »Ein Kalauer wäre es, wenn er sich auf Erektionsschwierigkeiten bezöge. Doch der Spruch war nur zu lesen, wenn Troutsch einen Steifen hatte. Damit kehrt die Bedeutung sich quasi um, im Sinne von: ›Ich wäre gern enthaltsam, allein die Lust obsiegt.‹ Und die Inschrift wird zur wirklich kunstvollen rhetorischen Figur. Nur welcher? Ich habe drei mögliche Kandidaten: implizites Oxymoron, ironisches Paradoxon oder eine Contradictio in Adjecto. Womöglich hat dieses Werk aber auch eine ganz neue, über Aristoteles hinausreichende Qualität. Was glaubst du?«

»Dass du Quatsch redest! Aber was soll einem auch Besseres durch den Kopf gehen, wenn man tagein, tagaus an einer Leiche rumschnipselt?«

»Nun, die meiste Zeit knoble ich an Rezepten rum, du weißt ja, ich koche gern. Aber du kannst stänkern, wie du willst, diese Leiche hat es in sich. Das war nämlich erst das halbe Geheimnis. Schrumpft der Penis wieder auf Normalmaß – um das zu verifizieren, musste ich besagte Schwellkörper entfernen –, verschwindet der Spruch nicht einfach in den Falten, sondern reduziert sich auf den Casus knusus: Willi.«

»Bitte?«

»Dann steht da ›Willi‹. Zu Deutsch ›Pimmel‹. Komm schon, wenn das nicht witzig ist!«

»Ha, ha«, sagte Capaul trocken.

»Ach Mensch, du bist heute nicht in Laune!«

»Mag sein. Wenn du etwas entdeckst, das für den Fall von Belang sein könnte, ruf mich an.«

»Auf welcher Nummer?«

»Ach ja, Mist. Mein Handy ist tot, ich muss es erst aufladen. Dann rufe ich dich an.«

»Bevor du auflegst, Capaul, lass den guten Marx dir zwei Dinge mit auf den Weg geben. Erstens kann man nie wissen, was für den Fall von Belang ist, ehe man ihn nicht gelöst hat. Zweitens litt der Mann an unbehandelter Polydaktylie. Das ist vielleicht kein Grund, Sterbehilfe in Anspruch zu nehmen, aber allemal speziell.«

»Wie heißt das Wort?«

»Polydaktylie. Troutsch hatte an jedem Fuß sechs Zehen, und zwar eine besonders heftige Variante: Jeweils der große Zeh war doppelt.«

»Donnerwetter. Wieso gibt es davon in seiner Akte noch kein Foto?«

»Nur nicht drängeln, ich habe die Leiche erst seit einer Stunde auf dem Tisch.«

Damit legten sie auf.

Inzwischen war es Mittag, das Revier war verwaist. Capaul ging in die Unterstadt, um sich in der Imbissbude bei Bernhild um die Ecke wieder mal den sogenannten Stereo Dog zu gönnen, ein Würstchenpaar im Fladenbrot. Bei Meta kam kaum Fleisch auf den Tisch, höchstens mal ein Schnipsel Salsiz in den Capuns.

Die Schlange vor dem Pachific Döner war lang. Mittendrin entdeckte er Barbla und Roman, mit denen er den Todesfall von Metas Mann bearbeitet hatte. So hatte er Meta überhaupt kennengelernt. Die beiden hatten sich ihrer Schutzkleidung entledigt und checkten während des Wartens ihre Handys. Nur ein paar Rußspuren um die Augen wiesen noch darauf hin, dass sie gerade mit Pulver und Abstaubpinsel Fingerabdrücke in einem mutmaßlichen Mordfall gesichert hatten.

Er trat zu ihnen.

»Könnt ihr mir nicht einen Stereo Dog holen? Ich suche uns dafür ein Plätzchen an der Sonne.«

»Holen wir dir«, sagte Barbla. »Aber ich muss danach gleich heim, ich organisiere hier nur das Essen für die Kinder.«

»Umso besser, nimmst du mich mit?«

»Schön, dann treffen wir uns am Bahnhof. Hol mir inzwischen im Avec noch eine Familienpackung Vanilleeis.«

Das tat Capaul, und er trat eben wieder aus dem Laden, als Barbla mit dem Kastenwagen an den Gehsteig fuhr.

»Rück raus, hat sie gestanden?«, fragte sie, noch ehe er eingestiegen war.

»Nein, hat sie nicht. Und es ist so vieles ungereimt, dass mir der Kopf brummt.«

»Dumm, dann muss ich aufpassen, was ich sage.«

Während Capaul zu essen begann, bog Barbla schweigend in die Kantonsstraße ein und beschleunigte.

»Wo setze ich dich ab, bei Meta?«, fragte sie nach einer Weile.

»Ja, gern, ich muss das Handy holen. Und erst muss ich es aufladen. Ich hätte nicht gedacht, dass ich so schnell wieder drin bin.«

»Bist du auch nicht.«

»Gisler macht ganz schön Druck, dass ich zurückkomme.«

»Keine Sorge, nicht mehr lange.«

»Was soll das heißen?«

»Nichts. Ich habe schon zu viel gesagt.«

Capaul schob nachdenklich das letzte Stück Brot in den Mund. »Happep villip …«

»Schluck erst runter.«

»Ja, Mama.« Er kaute und schluckte. »Hat es mit den Spuren zu tun, die ihr gefunden habt?«

»Schon möglich.«

»Logisch, wenn Bernhild nicht gesteht, müssen wir allen Spuren nachgehen.«

»Du nicht, wir.«

Capaul stutzte. »Hör mal, natürlich findet ihr Spuren von mir, ich habe in dem Zimmer schließlich ein paar Wochen gelebt. Aber die Spuren sind alt und als solche sicher auch bestimmbar …«

»Finish palaver«, rief sie gereizt. »Ich darf mit dir diese Diskussion nicht führen, und du weißt das. In Bernhilds Auftrag tu ruhig weiter, was immer du kannst, um den Fall aufzuklären. Wir sind froh, wenn es dir gelingt. Aber ich darf mit dir nicht reden wie

mit einem Kollegen. Du dürftest nicht mal hier vorn sitzen.«

»Wovor hast du so Angst?«

»Angst? Ich habe keine Angst, aber ich sage dir, was passieren könnte, wenn irgendwas nicht ganz koscher ist. Und was auf jeden Fall passiert, wenn wir den Fall nicht ganz schnell klären. A: Der Staatsanwalt schickt uns die Kripo Chur auf den Hals. B: Die kennen sich hier nicht aus, also müssen wir sie rund um die Uhr bemuttern. C: Das heißt Extraschichten und zu Hause vernachlässigte Kinder, ergo blaue Briefe von der Schulleitung, Ehekrach …«

»Und schon haben wir D: das nächste Beziehungsdelikt«, versuchte Capaul zu scherzen. Er kassierte einen giftigen Blick. »Entschuldigung.«

»Erzähl mir lieber, was du rausgekriegt hast. Zuhören darf ich immer.«

»Ich nicht viel, aber Marx. Der Indianer hatte Viagra intus. Er starb mit einer Latte.«

Barbla nickte. »Wir haben die Schachtel gefunden. Kam es zum Geschlechtsverkehr?«

Capaul lief rot an. »Das habe ich vergessen zu fragen.«

»Holen wir nach, rede weiter. Wir sind schon fast in Lavin.«

»Bernhild sagt, der Indianer behielt fast immer die Stiefel an, sogar nachts aufs Klo ging er in Schuhen. Ein möglicher Grund dafür mag sein, dass er sechs Zehen hatte.«

»Die Leiche dagegen war barfuß. Das ist tatsächlich merkwürdig.«

»Nicht unbedingt. Bernhild meint, er hatte wohl geschlafen.«

»Mit einer Latte? Viagra ist ein schlechtes Schlafmittel. Ruf mal Marx an.«

Sie reichte ihm ihr Handy.

»Ich kenne mich bei Smartphones nicht aus.«

»Dann halt den Lenker.« Sie suchte Marx' Nummer, wählte und gab ihm das Telefon zurück.

»Die schöne Barbla«, hörte Capaul Marx flöten, »kochst du nicht um die Zeit für deine drei Männer?«

»Die schöne Barbla bringt ihnen gerade Döner, ich bin's noch mal. Uns beschäftigt die Frage, ob er schon Geschlechtsverkehr hatte.«

»Sieht nicht so aus. Es sei denn, er wäre nicht gekommen. Und hätte sich danach gewaschen. Das Spermiendepot war jedenfalls voll.«

»Und kann es sein, dass er vom Mörder aus dem Schlaf gerissen wurde?«

»Vielleicht, wenn er mit Haarnetz geschlafen hat. Er war sauber frisiert.«

Capaul sah Barbla an: »War da ein Haarnetz?«

Sie schüttelte den Kopf.

»Danke.«

Capaul wollte schon auflegen, als Marx sagte: »Übrigens legen der Einschusswinkel und die Schmauchspuren nahe, dass bei der Schussabgabe beide nahe beieinandergestanden haben, der Täter oder die Täterin linker Hand im Rücken des Opfers. Wenn ich mir die Position bildhaft vorstelle, kommt sie mir ziemlich intim vor.«

IV

Nachdem Capaul Meta vergeblich im Haus gesucht hatte, kramte er sein Handy hervor und steckte das Ladekabel ein, dann ging er in den Garten. Sie saß mit einem Stapel Bücher auf der Bank hinterm Haus.

»Was liest du?«, fragte er.

»Ich lese nicht, ich suche. Mit der Idee, etwas an die Hauswand zu schreiben, hast du mir einen Floh ins Ohr gesetzt. Die Idee ist schön, aber was ist es wert, so ausgestellt zu werden? Was hältst du hiervon? ›Wir begreifen die Toten leichter als die Lebendigen, aber wir formen sie auch hemmungsloser nach unserem Bilde.‹«

»Das willst du an die Hauswand malen?«

»Warum nicht? Das ist immerhin Dürrenmatt.«

»Wie wäre es mit etwas aus dem Engadin?«

»Oh, Dürrenmatt war mit dem Engadin eng verbunden.«

»Tatsächlich?«

»Na ja, in seinem letzten Roman hat er das Hotel Waldhaus in Vulpera in Flammen aufgehen lassen. Ein halbes Jahr später ist es wirklich niedergebrannt. Das grenzt an Telepathie.«

»Trotzdem sehe ich an der Hauswand eher etwas Leichtes, Verspieltes.«

»Verstehe. Wie wäre es dann damit?« Meta schlug ein anderes Buch auf. Sie hatte einen der ersten Grashalme als Lesezeichen hineingelegt. »›*We think that we think clearly, but that is only because we don't think clearly.*‹ Brian D. Josephson.«

»Nein.«

»Der Mann ist immerhin Nobelpreisträger in Physik.«

»Aber Englisch geht gar nicht.«

»Du bist bornierter als wir Einheimischen. Wenn Romanisch, muss es natürlich Vallader sein, und wenn Vallader, kommt nur einer aus Lavin infrage, sonst fackelt mir noch einer das Haus ab. Damit landen wir unweigerlich bei Andri oder Oscar Peer, und die hängen schon überall.« Sie klappte das Buch zu und schob den Stapel von sich. »Themenwechsel. Konntest du Bernhild helfen?«

»Nein, aber so schnell gebe ich nicht auf.«

»Es heißt, der Indianer wurde erschossen, stimmt das?«

»Ja, das stimmt. Kanntest du ihn?«

»Wer kannte ihn nicht? Bei uns in der Gärtnerei ist er auch jedes Jahr vorbeigekommen. Und war sehr nützlich. Wenn ein Rasenmäher aus den Sechzigern eine Feder verloren hatte oder die Dichtung der alten Brunnenpumpe undicht war, trieb er eine auf. Oder er kannte einen, der so was nachbaute.«

»Was hältst du davon, dass er sich als Indianer im Geiste bezeichnet hat? War das eine Masche, oder steckte mehr dahinter?«

Sie dachte lange nach. »Alles an dem Mann war Masche. Theo war eine wandelnde Inszenierung. Ich könnte nicht sagen, ob hinter der Maske überhaupt so etwas wie ein Mensch steckte oder nur ein Räderwerk, das seine Klappe auf- und zugehen ließ. Doch gleichzeitig hatte er etwas, das ganz direkt ans Herz rührte. Er war wie ein Kind, das sich aufbläst, um nicht von den anderen zur Schnecke gemacht zu werden. Und unglaublich liebesbedürftig. Wenn du dann noch sein Aussehen dazu nimmst, ist es kein Wunder, dass er bei den Frauen Erfolg hatte.«

»Was, wegen der Indianerkluft?«

»Nein, natürlich nicht. Er hatte unglaublich strahlende Augen, obwohl er wie alt war? Siebzig? Dazu ein völlig ebenmäßiges Profil und diese aufgeworfenen Lippen, wie man sie bei griechischen Statuen findet. Und, ganz wichtig, eine sehr schöne Stimme, weich, scheu.«

»Das klingt, als wärst du selber verknallt gewesen!«

»Nein, gefunkt hat es zwischen uns nie. Das ist ja angeblich eine rein olfaktorische Sache, und ich muss sagen, er roch nicht besonders. Weder gut noch schlecht, einfach nichtssagend.«

»Doch dass andere schwach wurden, kannst du also nachvollziehen.«

»O ja.«

»Hältst du es dann auch für nachvollziehbar, dass eine enttäuschte Liebhaberin ihn erschossen hat?«

»Bei Theo ist alles möglich. Dass er der Mafia Geld geschuldet hat. Dass er einen Komplizen reingelegt und der sich gerächt hat. Vielleicht war es auch ein gehörnter Ehemann, oder Theo hat einfach nur beim russischen Roulette verloren.«

»Beim russischen Roulette?«

»Du weißt schon, man schiebt eine Kugel in die Pistole und dreht die Trommel, oder wie das Ding heißt …«

»Ich kenne Russisch Roulette. Aber die Tatwaffe war kein Trommelrevolver.«

»Klugscheißer! Man kann das Spiel bestimmt auch variieren.«

»Meinetwegen, aber wer spielt so was?«

»Ich verstehe die Frage nicht.«

»So ein Spiel ist doch komplett sinnlos.«

»Na und?« Meta streckte sich, fischte nochmals Dürrenmatt aus dem Bücherstapel und las vor. »›Für mich ist es eigentlich eine große Befreiung gewesen, indem ich eigentlich draufkam, dass das Sein keinen Sinn zu brauchen hat, sondern dass es die menschliche Aufgabe ist, dem Sein einen Sinn zu geben. Es ist für mich eine befreiende Erkenntnis, dass der Sinn nur beim Menschen, bei mir selber liegen kann, und nicht außerhalb.‹«

»Was ist der Zusammenhang?«

»Du hast gefragt, was der Sinn von Russisch Roulette ist. Es hat den Sinn, den du ihm gibst.«

Capaul schüttelte ratlos den Kopf. »Ich finde keinen. Welchen siehst du denn darin?«

Meta richtete den Bücherstapel schöner aus und stand auf. »Das, *meis char*, ist eine so interessante Frage, dass ich sie nicht durch eine Antwort verderben will. John Cage.«

Capaul sah ihr nach, wie sie mit gerecktem Haupt ins Haus ging, dann begann er, den zu renovierenden

Fensterladen, die Malböcke und Gerätschaften wegzuräumen, denn es sah nach Regen aus.

Als er wieder aus dem Stall kam, stand Peter im Garten.

»Weiß man inzwischen, wer es war?«, fragte er, kaum hatte er Capaul entdeckt.

Der schüttelte den Kopf und nahm den Besen, um die Farbsplitter zusammenzufegen.

»Aber sie war es nicht, oder?«

»Ich weiß es nicht. Kannst du mir beantworten, ob sie in den Indianer verliebt war? Ich meine nicht früher, sondern jetzt, in den letzten Monaten.«

Peter zögerte, dann hob er die Achseln. »Ich dachte, sie hätte aus der Vergangenheit gelernt.«

Offenbar hatte Meta von der Küche aus zugehört.

»›Es ist Unsinn, sagt die Vernunft‹«, deklamierte sie durchs offene Fenster, »›es ist, was es ist, sagt die Liebe.‹ Erich Fried.«

Dann schloss sie das Fenster.

Peter schüttelte den Kopf. »Egal, sie würde ihn doch nicht erschießen.«

»Und du?«, fragte Capaul unverblümt.

Peter überhörte ihn. »Erschießen passt auch so gar nicht zu ihr. Wenn, dann würde sie einem den Wagenheber über den Schädel ziehen oder einen beim Ausparken überfahren. Aber erschießen? Da muss man erst die Waffe haben. Und dann muss man wissen, wie man damit umgeht. Das muss man doch üben, man muss wissen, wie man sie lädt, wie man sie entsichert. Du kannst nicht einfach mit der Pistole auf einen zugehen und ihn umlegen. Bis du den Mechanismus raushast, hat er dich schon zehnmal niedergeknüppelt.«

»Woher weißt du überhaupt, dass die Tatwaffe eine Pistole war?«

»Wir haben gehört, wie der eine Polizist was von ›Projektil‹ gesagt hat.«

»Dann könnte es immer noch ein Gewehr gewesen sein.«

»Logisch, oder eine Armbrust«, witzelte Peter. »Aber mit dem Gewehr ist es noch schwieriger. Zack, schlägt der andere dir den Lauf weg. Im Wassermann ist es schließlich eng, außer unten in der Gaststube. Aber offenbar ist es ja oben passiert, jedenfalls sind die Polizisten immer die Treppe hoch. Ja, wenn man die Waffe finden würde! Wie geht es denn jetzt weiter?«

»Ich weiß nicht. Wenn wir den Täter oder die Täterin nicht bald finden, übernimmt die Kripo Chur. Noch hoffen wir auf ein Geständnis.«

»Nehmt ihr sie etwa in die Mangel?«

»Du denkst also doch, Bernhild war es?«

»Wieso soll ich das denken?«

»Du hast ›sie‹ gesagt. ›Nehmt ihr sie in die Mangel?‹«

»Wieso, verhört ihr auch andere?«

»Was denkst du, Peter, was ich hier tue?«

Peter wurde bleich und wich einen Schritt zurück. »Was, das soll ein Verhör sein? Das darfst du doch gar nicht. Du bist doch nicht mehr dabei.«

»Mein Chef sieht das anders.«

»Und wenn, dann wärst du befangen. Ihr hattet doch auch was, Bernhild und du.«

»Da war überhaupt nichts, das weißt du genau.«

Peter zitterte vor Erregung. »Ach, und wieso rennst du gleich los, wenn sie dich ruft?«

»Na, hör mal. Bernhild ist in Not, und ich habe sie gern.«

»Ja, eben. Meta ist auch nicht mehr die Jüngste. Offenbar stehst du auf alte Frauen.«

Capaul bemühte sich, ruhig zu bleiben. »Ich stand nie auf Bernhild. Und Meta ist zwanzig Jahre jünger als sie.«

»Und zwanzig älter als du.«

»Zwölf.«

Peter musterte ihn undurchdringlich. »Jedenfalls kann man dich genauso gut verdächtigen wie mich.«

»Mit dem Unterschied, dass ihr etwas miteinander hattet. Nein, habt, das hast du heute ja extra noch betont. Du hättest gute Gründe, einen Widersacher auszuschalten.«

Peter schob die Augenbrauen hoch. »›Einen Widersacher auszuschalten‹! Siehst du? So ordinär kann ich gar nicht denken. Wenn, dann würde es mir darum gehen, Bernhild zu beschützen. Aber ich wäre ein hundsmieser Beschützer, wenn ich es so angehe, dass sie als Hauptverdächtige dasteht, oder?«

»Stimmt, da traue ich dir mehr zu. Doch womöglich ist es einfach so passiert. Du bist hoch in sein Zimmer, um mit dem Indianer zu reden, ein Gespräch unter Männern. Da erwischst du ihn mit Bernhild im Bett, ziehst die Kanone, die du vielleicht nur eingesteckt hast, um dich notfalls zu verteidigen, er stellt sich vor Bernhild, weil er eben auch eine edle Seele ist, du drückst ab.«

»Daraus entnehme ich, dass er in seinem Zimmer erschossen wurde.«

»Gehen wir mal davon aus.«

Peter dachte nach. »So ähnlich könnte es gewesen sein, doch die Sache hat einen Haken.«

»Stimmt«, gab Capaul zu. »Das Bett in Zimmer 20 ist viel zu schmal für zwei, dazu liegt es unter der Dachschräge. Zum Vögeln wären sie bestimmt in Bernhilds Zimmer gegangen.«

»Das meinte ich gar nicht. Es könnte sie ja überkommen haben, wilde Leidenschaft. Aber die Frage ist: Wieso zeigt Bernhild mich nicht an? Und wieso wartet sie bis zum Morgen, ehe sie Alarm schlägt? Wenn ich mit dem Indianer reden wollte, wäre das ja wohl eher abends. Wann wurde er denn erschossen?«

»Weiß ich noch nicht. Aber ist es so abwegig, dass Bernhild dich schützen will? Dass sie extra bis zum Morgen gewartet hat, um dir Gelegenheit zu geben, zu fliehen oder dich zu stellen? Ich gehe ja davon aus, dass du gleich nach der Tat aus dem Wassermann gerannt bist, kopflos, weil das alles ja so nicht geplant gewesen war. Was sie nicht weiß. Ich an ihrer Stelle würde es mir so ausmalen: Mein Geliebter hat für mich gekämpft, er hat den Widersacher getötet und geht jetzt heldenhaft aufs Revier, um sich zu stellen. Worauf natürlich die Polizei ausrückt, um die Leiche zu bergen. Was aber nicht geschieht. Ich sitze in der Wirtsstube und warte, oben der Tote, es wird drei, es wird vier. Um sieben rufe ich endlich die Polizei an, um zu fragen, wo sie denn bleibt, und stelle fest, dass mein Held sich überhaupt nicht gestellt hat. Meine Gedanken rotieren. Während ich die Polizei am Hörer habe, sage ich mir, Moment, offenbar hofft Peter, dass wir davonkommen, dass nichts auffliegt, dass wir zwei weitermachen können wie bisher. Oder noch besser, dass der Mord uns überhaupt erst richtig zusammenschweißt. Was tue ich also? Ich gebe nichts zu und streite nichts ab. Ich bin verdächtig, aber für eine Verurteilung wird es nicht reichen, zu viele Details werden dagegensprechen. Hauptsache ist, dass Peter nicht verdächtigt wird.«

Peter sah ihn aus schmalen Augen an. »Du bist ganz schön gewieft, Capaul. So lenkt man von sich selbst ab.«

»Mag stimmen, nur brächte es auch nichts, mir nachzustellen. Ich hatte nicht nur kein Motiv, ich war auch die ganze Nacht mit Meta hier im Haus. Wo warst du denn?«

»Im Stöckli auf dem Hof meiner Tochter Karin, da, wo ich eben wohne. Ich habe ferngesehen und bin irgendwann zu Bett gegangen. Im Unterschied zu dir habe ich es nicht nötig, mir ein Alibi zurechtzuschwindeln. Möglich, dass Karin gesehen hat, wie ich das Licht gelöscht habe, aber das war womöglich um einiges früher, als der Indianer umgelegt wurde, im Wassermann sitzen sie oft bis Mitternacht.«

Capaul wollte sich verteidigen, doch da ging wieder ein Fenster auf, und Meta rief: »Massimo, ans Telefon.«

Er ging ins Haus und nahm den Hörer, der an der gedrehten Strippe des alten Wandtelefons baumelte. Es war Marion, die Betreuerin von Lisa.

»Frau Zyssig von der Kinderschutzbehörde war den Morgen über bei uns und ist sehr zufrieden«, erzählte sie. »Ich muss noch einen Elternkurs belegen, dreißig Tage, verteilt über zwei Jahre. Aber offiziell Lisas Pflegemutter sein darf ich schon jetzt.«

»Das freut mich für euch«, sagte Capaul. »Und Ricki ist der Ziehvater?«

»Das macht keinen Sinn, er ist ja nie da. Und wie du weißt, sind wir auch kein Paar. Ricki ist schwul.«

»Aber Lisa hängt an ihm.«

»Nein«, korrigierte Marion, »sie schwärmt für ihn. Wie man mit sechs Jahren für einen Kinderstar eben schwärmt. Hängen tut sie an dir.«

»Ja, schön. Aber doch nur, weil ihre Mama diese Fehlinformation platziert hatte.« Lisas Mutter, die an einem Drogenproblem gestorben war, hatte Lisa einen Brief hinterlassen, in dem sie behauptet hatte, Capaul wäre ihr Vater. Der wirkliche Vater war ein leukämiekranker Italiener gewesen, den er vier Jahre zuvor in seiner damaligen Anstellung als Sterbepfleger in den Tod begleitet hatte. Das wusste Lisa inzwischen auch, aber sie nannte ihn hartnäckig weiter Papa.

»Warum auch immer«, erwiderte Marion knapp. »Jedenfalls möchte ich, dass du diesen Kurs mit mir besuchst.«

»Ich?«

»Ja, du. Weil du nämlich genauso sehr an ihr hängst wie sie an dir.«

Das stimmte. Capaul besuchte Lisa, sooft er konnte, und kehrte jedes Mal ausgesprochen fröhlich nach Lavin zurück. So fröhlich, dass Meta sagte: »In dieser Stimmung halte ich dich nicht aus, du benimmst dich wie ein beschwipster Teenager.«

»Aber irgendwann wirst du einen finden und heiraten«, sagte er jetzt zu Marion, »und dann wird es so kompliziert wie bei einer Scheidung. Es ist besser, ihr lasst die Vaterstelle jetzt vakant und besetzt sie dann, wenn alles passt.«

»Uns passt jetzt schon alles«, versicherte Marion. »Wie du weißt, schwärme ich genauso für Ricki wie Lisa. Und wir zelebrieren das auch genüsslich. Daneben bist du der tolle Typ für den Alltag. Du bist verantwortungsvoll, unaufdringlich, amüsant, klug und riechst gut.«

»Ich rieche gut?«

»Ja, das ist uns beiden aufgefallen. Lisa meint, du riechst nach frischen Bretzeln, ich würde eher sagen, nach Meer, tiefem blauem Meer mit verborgenen Grotten. Capri.«

»Ach, du liebe Güte. Über so was unterhaltet ihr euch?«

»Na, klar doch, Mädchen tun das. Also was ist?«

»Womit?«

»Dem Kurs. Du hast doch nach deinem Abgang bei der Polizei Zeit im Überfluss. Und finanzieren können wir ihn über die Stiftung. Ich habe Widbert Schmäh angerufen, und er war ganz begeistert davon, dass du mitmachst. Er will uns sogar ein paar Vertiefungswochenenden an schönen Orten unserer Wahl spendieren. Wie etwa Capri.«

»Um was zu vertiefen?«

»Nun, eben diese Pflegeelternsache. Wo hast du eigentlich deinen Kopf?«

»In einem Mordfall. Noch ist mein Abgang von der Polizei nämlich nicht Tatsache. Außerdem versuche ich, mit Meta eine halbwegs stabile Basis für eine Beziehung zu schaffen. Da kann ich nicht mit euch nach Capri fliegen.«

»Nicht mit uns, nur mit mir. Lisa wäre so lange bei Ricki und Brian, sie ist ganz begeistert von dem Gedanken. Und für Widbert Schmäh würde es leichter, Rickis Studioprojekt zu unterstützen. Das Geld würde dann nicht dafür fließen, sondern für hochqualifiziertes Babysitting.«

»Das ist ja ein furchtbares Gemauschel!«

»Ja, und? Die Stiftung hat den einzigen Zweck, Lisa einen guten Start in ein neues Leben zu ermöglichen. Und wir sind voll auf der Linie.«

»Vermutlich hast du sogar recht. Nur bin ich die falsche Besetzung.«

»Das entscheidet nicht der Darsteller, sondern der Regisseur.«

»Und wer ist das?«

»Lisa natürlich.«

V

Um Marion loszuwerden, versprach Capaul, sich die Sache zu überlegen, und hängte den Hörer auf. Inzwischen war es zwei Uhr. Sein Handy war aufgeladen, und er rief Jon Luca an.

»Darf ich nochmals zu Bernhild?«

»Das musst du Barbla fragen, Bernhild wurde zu ihr nach Zernez verlegt. Der Staatsanwalt wollte es so, in letzter Zeit soll es öfters vorgekommen sein, dass inhaftierte Frauen männliche Polizisten sexueller Übergriffe beschuldigt haben, um sich Vorteile zu verschaffen.«

Also rief er Barbla an.

»Meinetwegen«, sagte die, »aber ich will dabei sein. Mit mir redet sie nämlich kein Wort. Zumindest nicht, was den Fall betrifft.«

»Mit mir vielleicht auch nicht, wenn du dabei bist.«

»Lassen wir's darauf ankommen.«

Capaul steckte also den Schlüssel für seinen altmodischen grünen Chrysler Imperial Metallic Jahrgang 1982 ein, dann suchte er Meta. Sie schnitt im Garten die vom Schnee geknickten Äste ab.

»Ich muss nach Zernez, Bernhild ist jetzt dort inhaftiert.« Er küsste sie.

»Du riechst nach Würstchen«, sagte sie überrascht. »Nächstes Mal bring mir welche mit.«

»Ich dachte, wir essen kein Fleisch.«

»Wir essen nicht *kein* Fleisch, wir essen *bewusst* Fleisch. Und Würstchen. Bei Würstchen werde ich einfach schwach.«

Als Capaul den Posten betrat, saß Barbla schon mit Bernhild im hinteren Büro. Ein eigentliches Verhörzimmer gab es hier so wenig wie in Samedan.

»Tut mir leid, eine Kaffeemaschine wurde uns nicht bewilligt«, erklärte sie gerade. »Wir haben Anrührkaffee.«

»Dann eine Cola.«

»Wasser kann ich anbieten.«

»Nächstes Mal bringe ich eine mit«, versprach Capaul und setzte sich dazu.

»Lieber Kaffee«, sagte Bernhild.

»Ich kann beides bringen.«

»Nein, Kaffee reicht.«

Inzwischen hatte Barbla einen Krug Wasser und drei Gläser gebracht, setzte sich und schenkte ein.

Als Capaul bemerkte, dass Bernhild ihn erwartungsvoll ansah, erklärte er bedauernd: »Wir sind noch nicht weitergekommen.«

»Moment.« Barbla stand wieder auf. »Massimo, kann ich dich einen Augenblick draußen sprechen?«

»Natürlich.« Er folgte ihr ins vordere Büro, dort saß Roman am Computer.

»Du hast gesagt ›wir‹, aber es gibt kein ›wir‹, Massimo«, stellte sie nochmals klar. »Inzwischen wurde der Wassermann auf den Kopf gestellt, und es wurde dort keine Waffe gefunden. Wir können Bernhild nicht mehr lange hierbehalten. Das heißt, das Spiel ist wieder offen.«

»Was meinst du damit?«

Roman schaltete sich ein. »Dass wir allen Spuren nachgehen müssen. Die Kripo Chur ist überlastet, das gibt uns Zeit bis morgen Abend, den Fall auf unsere Art zu lösen. Das bedeutet aber auch, die Uhr tickt, und ziemlich rasant.«

»Das verstehe ich alles. Nur von welchem Spiel hat Barbla geredet?«

»Sie meinte nur, dass wir jetzt in alle Richtungen ermitteln. Also auch in deine.«

Capaul lächelte. »Ach so, ja, das hatten wir schon besprochen. Weil es Spuren von mir im Zimmer gab. Damit habe ich keine Probleme.«

»Aber uns bringt das in eine dumme Lage«, sagte nun wieder Barbla. »Weil du gleichzeitig unser einziger Schlüssel zu Bernhild bist. Auch wenn sie nicht die Täterin sein sollte, brauchen wir dringend ihre Aussage, um den Kreis der Verdächtigen einzuengen.«

»Auch damit kann ich umgehen«, versicherte Capaul. »Hat Marx noch etwas rausgefunden, das uns weiterhilft?«

»So was geht dich eben nichts mehr an.«

»Wie soll ich denn ohne Informationen eine Befragung leiten? Ich muss Bernhild doch mit konkretem Material füttern, damit sie uns auf die Sprünge helfen kann.«

»Ja, natürlich«, sagte Barbla.

Und gleichzeitig Roman: »Nein, es muss ohne gehen.«

»Deshalb bin ich ja dabei«, erklärte Barbla versöhnlich. »Bei Bedarf streue ich was ein.«

»Ich höre von draußen mit und protokolliere«, stellte Roman klar. »Und schreite ein, wenn nötig.«

Capaul schüttelte ungläubig den Kopf. »Das ist wirklich ein lustiges Spiel.«

Er ging wieder zu Bernhild. »Also noch mal fürs Protokoll«, sagte er, »wenn du den Indianer nicht erschossen hast, sind alle verdächtig, die in Zimmer 20 Spuren hinterlassen haben. Unter anderem auch ich. Kannst du mir helfen, mich da rauszuwinden?«

Bernhild sah ihn mit schwer lesbarem Blick an, vielleicht war sie erschrocken, vielleicht auch nur müde. Dann zeigte sie auf Barbla, die hinter Capaul eingetreten war und an die Wand gelehnt stand.

»Bleibt die jetzt hier?«

»Ja«, sagte Barbla. »Ich mische mich aber nicht ein. Vielleicht habe ich die eine oder andere Information, die Massimo fehlt. Er ist ja nicht als Polizist hier …«

»… sondern als Verdächtiger, das habe ich begriffen«, schnitt Bernhild ihr das Wort ab.

Capaul nickte. »Und als dein Freund und Helfer. Nein, eben nicht. Aber als dein Freund. Helfen sollst du. Lass mich noch mal fragen: Hast du eine Ahnung, wer den Indianer getötet haben könnte?«

»Das hast du noch überhaupt nicht gefragt.«

»Nein? Dann wird es höchste Zeit.«

Bernhild dachte eine Weile nach, dann sagte sie, scheinbar aus dem Zusammenhang gerissen: »Am meisten sorgt mich, was aus dem Wassermann wird. Alfons hatte das schon ganz richtig gemacht.«

»Was? Indem er dich geheiratet hat?«, fragte Capaul.

Sie nickte. »Wenn ich nicht mehr bin, was wird dann aus dem Gasthof? Wahrscheinlich geht er an die Gemeinde, ich habe ja keine Erben. Und die machen dann daraus Büros für ihre Verwaltung oder Sozialwohnungen. Dabei hat der Wassermann eine lange Geschichte.«

»Du redest, als wäre er schon zu. Dabei bist du im besten Alter, für eine Wirtin jedenfalls. Und wenn du mit dem Mord nichts zu tun hast, kommst du auch schnell wieder frei. Vielleicht heute noch. Sobald der wahre Täter feststeht.«

Dazu sagte sie nichts.

»Wer könnte es denn gewesen sein?«, doppelte er nach.

Bernhild schwieg.

»Hatte der Indianer Feinde? Hat jemand ihm in letzter Zeit nachgestellt? Ihn bedroht? Oder wollte er irgendwo Schulden eintreiben?«

»Du wärst der Richtige«, sagte Bernhild. »Dir würde ich den Wassermann sofort überschreiben.«

Barbla konnte ein Stöhnen nicht unterdrücken.

»Mir?«, fragte Capaul verwundert. »Ich kann nicht mal kochen. Meine Mutter hat jedes Mal gespuckt.«

»Ich kann doch auch nicht kochen. Oder willst du behaupten, es hätte dir jemals bei mir geschmeckt?«

Barbla warf ein: »So kommen wir nicht weiter.«

Doch Capaul ignorierte sie. Er dachte nach. Eine ganze Weile war es still im Raum, von ganz fern hörte man den Verkehr auf der Kantonsstraße, die hier mitten durchs Dorf führte. Endlich fragte er: »Was hast du eigentlich gestern Abend gemacht?«

»Das Übliche eben, serviert.«
»Bis wann?«
»So gegen Mitternacht.«
»Wer waren die letzten Gäste?«
»Ein paar Touristen, Schneeschuhläufer. Die mussten noch einen Schieber fertigjassen.«
»War der Indianer auch da?«
»Er hat gegessen, danach hat er gewartet, bis es ruhiger war, und wir haben noch ein Glas Wein getrunken. Irgendwann ist er raus auf einen Spaziergang oder hoch in sein Zimmer, ich weiß nicht. Ich habe ihn nicht mehr gesehen.«
»Wann war das?«
»Vielleicht um zehn.«
»Und die anderen haben den Jass geklopft bis Mitternacht?«
»Um zehn waren auch noch andere Leute da. So ab elf Uhr dann nur noch die eine Gruppe. Ich bin vor Müdigkeit fast umgekippt, sonst hätte ich sie auch bis ein Uhr jassen lassen.«
»Du hast aber auch lange Tage! Wann hattest du am Morgen aufgeschlossen?«
»Um sieben, aber normalerweise macht mir das nichts aus. Erst in letzter Zeit gibt es Abende, da bin ich plötzlich stehend k. o.«
»Hast du nie daran gedacht, eine Serviertochter anzustellen?«
»Dafür wirft der Wassermann nicht genug ab.«
»Oder zu heiraten, wie dich der Alfons?« Capaul hatte es scherzhaft gesagt, aber Bernhild geriet die Bemerkung in den falschen Hals. Augenblicklich sackte

sie im Stuhl zusammen, verschränkte die Arme und presste die Lippen aufeinander.

»Ha, du wolltest heiraten!«, rief Capaul triumphierend.

Bernhild reagierte nicht.

»Du wolltest den Indianer heiraten, und Peter hat es spitzgekriegt.«

Ihr Atem ging heftig, sie schien mit sich zu ringen. Dann sagte sie wie aus der Pistole geschossen: »Er hatte sich mit der Mafia angelegt. Nicht hier, in Argentinien. Mehr weiß ich nicht. Es ging um Fleischhandel. Irgendwie hat er ihnen Geld geschuldet. Deshalb ist er auch zurückgekommen. Er ist sogar ins Gefängnis, damit sie ihn nicht kriegen. Und dann dachte er, es ist vorbei, ein paar von denen waren auch in Argentinien inzwischen umgelegt worden. Aber einer hat nicht lockergelassen.«

»Woher weißt du das?«

»Weil der Typ da war.«

»Im Wirtshaus?«

Sie nickte. »Vor drei oder vier Tagen.«

»Um welche Zeit?«

Kurz war sie irritiert, dann sagte sie: »Vielleicht so um sieben.«

»Morgens?«

»Abends. Nein, was sage ich, morgens.«

»Hattest du da schon Gäste?«

»Nein, eben nicht.«

»Der Indianer war auch nicht da?«

»Doch, der frühstückt immer um sieben. Wenn er nicht kommt, soll ich ihn wecken.«

»Wie heute.«

»Genau.«

»Wie sah dieser Mafioso denn aus?«

»Einen schwarzen Schnauzbart hatte er, so hängend, wie bei einem Walross.«

»Na, so einer ist ja leicht zu finden.«

Bernhild dachte fieberhaft nach, die Augen jagten. »Wobei, der war bestimmt angeklebt. Ja, genau, deshalb hat er auch nichts getrunken, damit der Bart nicht abfällt. Sonst sah der Typ nach gar nichts aus.«

»Was hatte er denn an?«

»Keine Ahnung. Jeans und Regenjacke.«

»Und wie haben sie miteinander geredet?«

»Spanisch.«

»Und haben sie diskutiert, gestritten?«

»Ja, ja.«

»Aber du hast nichts verstanden.«

»Doch, *dinero*. Und *hijo de puta*.«

»Welcher der beiden hat das gesagt?«

»Beide. Und dann ist der Typ rausgestürmt, und der Indianer hat zu mir gesagt: ›Keine Sorge, Bernhild, so was passiert nicht noch mal.‹«

»Was wollte er damit sagen? Dass er den Typen umlegt?«

»Das habe ich ihn auch gefragt. Aber er hat gelacht. ›Das ist nicht nötig. Ich kenne wichtige Leute, die können mir das Geld borgen.‹«

»Was für Leute?«

»Das weiß ich nicht. Vielleicht gab es sie auch nicht. Deshalb kam der Typ wieder.«

»Du meinst, in der Mordnacht?«

Bernhild nickte eifrig.

»Und wie kam er rein?«

Sie sah ihn überrascht an. »Ich weiß nicht, vielleicht übers Dach. Ja, genau, das Zimmer hat ja eine Dachluke.«

»Stimmt, direkt überm Bett. Nur wieso hat er dann nicht von dort geschossen?«

Weiter jagten ihre Gedanken. »Na, weil er erst das Geld wollte. Und so ein Schuss knallt ja ganz schön, danach musste er natürlich abhauen.«

»Wieder übers Dach.«

»Anzunehmen.«

Capaul wandte sich Barbla zu und fragte: »War die Luke auf?«

Sie schüttelte den Kopf, gleichzeitig verdrehte sie die Augen, als wollte sie sagen: Mach endlich Schluss mit diesem Affentheater.

»Nein«, sagte Capaul zu Bernhild. »Die Luke war zu.«

»Vielleicht habe ich sie im Reflex geschlossen. Als Wirtin hat man solche Reflexe.«

Er nickte. »Kann ich mir vorstellen. Dann suchen wir jetzt also nach diesem Argentinier.«

»Du nicht«, sagte Bernhild.

»Stimmt, ich bin ja raus.«

»Das wollte ich nicht sagen.«

»Sondern?«

»Pass auf, dass du nicht auch erschossen wirst.«

Danach ging Capaul hinaus, und Barbla brachte Bernhild in die Zelle zurück. Jon Luca saß bei Roman am

Computer und überflog offenbar den Anfang des Protokolls.

»Was für einen Unsinn ihr da geredet habt«, ereiferte sich Roman. »Es ist doch sonnenklar, dass sie lügt.«

»Natürlich lügt sie«, bestätigte Capaul. »Aber ich fand es doch sehr aufschlussreich.«

»Und welchen Teil im Speziellen?«, fragte Jon Luca. Es war das erste Mal, dass Capaul einen sarkastischen Ton an ihm hörte.

»Den letzten Satz. ›Pass auf, dass du nicht auch erschossen wirst.‹«

»Eine Plattitüde«, schnaubte Roman, »natürlich leben wir Polizisten gefährlich.«

»Das stimmt, allerdings hat sie das gesagt, nachdem sie mich darauf aufmerksam gemacht hatte, dass ich eben gerade nicht mehr im Dienst bin.«

»Und was schließt du daraus?«, fragte Jon Luca. Der sarkastische Ton hatte sich schon wieder verflüchtigt.

»Dass sie glaubt, der Indianer und ich sitzen im selben Boot. Wer den Indianer erschossen hat, könnte auch mich erschießen. Und dafür gibt es nur ein Motiv.«

»Nämlich?«

»Eifersucht. Peter.«

Jon Luca lachte bitter auf. »Er sagt das Gleiche von dir.«

Capaul lachte mit. »Kann schon sein, nur worauf sollte ich eifersüchtig sein? Er hat eine Beziehung mit Bernhild, ich nicht. Ich habe ein Alibi, er nicht. Außerdem hat er seine Eifersucht schon früher zur Schau gestellt. Ich erinnere mich an eine Szene, damals, als Bernhild sich in mich verguckt hatte. Davon habt ihr mir erzählt, das war in Celerina, glaube ich. Als sie öffentlich über mich gestritten haben. Obwohl überhaupt nichts war. Im Gegenteil, deshalb bin ich dann ja auch aus dem Wassermann ausgezogen.«

»Peter stellt das ganz anders dar«, bemerkte Jon Luca. »Aber Zwischenfrage: Hättest du etwas dagegen, uns den Schlüssel zu deinem Auto zu geben? Roman wird sich darin etwas umsehen, während wir zwei uns weiter unterhalten.«

Capaul fühlte, wie ihm das Blut in den Kopf schoss, und ärgerte sich darüber. »Nein, natürlich, soll er nur. Aber ist das nicht etwas lächerlich?«

Jon Luca antwortete darauf nicht. »Komm«, sagte er nur und ging vor Capaul her ins hintere Büro. Dort hatte Barbla sich schon mit dem Laptop platziert.

»Ich protokolliere«, erklärte sie Capaul.

Er musste wieder lachen, während er noch röter wurde.

Sie setzten sich, und Jon Luca fragte: »Also, erkennst du hiervon etwas?« Er nahm aus einer Schachtel zwei Beutel mit Asservaten und legte sie vor Capaul hin.

In dem einen Beutel steckte der Parkbußzettel, den Linard ihm gleich am ersten oder zweiten Tag nach seiner Ankunft in Samedan unter den Scheibenwischer des Chrysler geklemmt hatte. »Capaul, Capaul, das fängt ja gut an!«, stand darauf.

Im zweiten entdeckte er seine zerkratzte silberne Omega-Uhr mit dem blauen Zifferblatt. »Da ist sie ja wieder!«, rief er erfreut und griff danach.

Jon Luca zog sie eilig weg und legte sie in die Schachtel zurück. »Vorsicht, Vorsicht, das sind Beweisstücke.«

»Beweisstücke wofür?«, fragte Capaul fröhlich. »Diese Uhr habe ich zu meinem sechzehnten Geburtstag bekommen. Keine Ahnung, woher meine Mutter sie hatte, sie ging ja nie raus. Es war auch das letzte Mal, dass sie mir etwas geschenkt hat. Ich dachte, ich hätte sie beim Umzug aus dem Wohnheim der Polizeischule verloren.«

Jon Luca nickte. »Möglich, dass es so war. Möglich ist aber auch, dass der Indianer dich erpresst hat. Dass du dich freikaufen wolltest. Mit dieser Uhr beispielsweise.«

Capaul sah ihn befremdet an. »Die ist höchstens ein paar Hundert Franken wert«, stellte er klar.

»Ja, deshalb hat es dem Indianer auch nicht gereicht. Er wollte mehr.«

»Mehr wofür? Ich kann das alles nicht begreifen.«

»Wofür, wissen wir noch nicht, aber wir gehen dem nach. Viele Menschen, denen man es nie zutrauen würde, haben Dreck am Stecken. Und du hattest unzählige Gelegenheiten, das Gesetz zu brechen. Als Sterbepfleger. Als Polizist. In dieser dubiosen Stiftungsratssache, in die du neuerdings verstrickt sein sollst. Ich bin weit davon entfernt zu behaupten, du seist schuldig, Capaul. Andererseits, sieh dich mal an: Du schwitzt, bist knallrot und knetest vor Nervosität deine Hände … So sieht einer aus, der gerade auf frischer Tat ertappt wird.«

Wirklich rang Capaul in seiner Ratlosigkeit die Hände. Das kannte er an sich gar nicht.

»Ich habe doch aber ein Alibi«, sagte er mit belegter Stimme.

»Nein, hast du nicht«, antwortete Jon Luca. »Meta

sagt, ihr schlaft getrennt. Sie weiß nicht, wo du letzte Nacht warst.«

»Wann hast du mit ihr geredet?«

»Linard ist gerade dort. Er sucht im Haus nach der Tatwaffe.«

»Das könnt ihr doch nicht einfach tun!«

»Meta hatte auch nichts dagegen einzuwenden. Und inzwischen kam auch grünes Licht vom Staatsanwalt.«

»Dann verhaftet ihr mich jetzt etwa?«

»Nicht gleich so dramatisch, Capaul! Deine Spur ist eine von mehreren. Für eine Verhaftung reicht das Material nicht aus. Aber wir bitten dich, den Kanton nicht zu verlassen und jederzeit erreichbar zu sein. Und natürlich solltest du es tunlichst unterlassen, allfällige Spuren zu verwischen, damit würdest du deine Lage nur verschlimmern.«

»Was heißt hier ›verschlimmern‹? Das sind alles Unterstellungen!«

»Na, umso besser. Sieht man sich allerdings die sonderbare Geschichte deines Aufenthalts bei uns im Engadin genauer an, entbehren sie nicht einer gewissen Plausibilität. Das wirst auch du zugeben. Und bist du so unschuldig, wie du gerade tust, sollte es umso mehr in deinem Interesse liegen, dass wir Klarheit schaffen.«

»Natürlich«, sagte Capaul leise.

»Hast du noch Fragen, Massimo?«

Capaul schüttelte den Kopf, dann sagte er: »Doch. Das hat Peter mir alles eingebrockt, nicht wahr?«

»Du weißt nur zu gut, dass ich dazu nichts sagen kann.«

VI

Schweigend trank Capaul noch die Tasse Kaffee, die Barbla ihm wohl aus Mitleid angerührt hatte, dann brachte Roman den Autoschlüssel zurück und sagte: »Nichts Verdächtiges. Aber Capaul, lass mal wieder den Reifendruck kontrollieren.«

Danach kehrte er zu seinem Wagen zurück, fuhr ihn aus der Tiefgarage und hielt beim Bahnhof nochmals kurz an, um Dr. Widbert Schmäh anzurufen, den Notar und Geschäftsführer der mit zehn Millionen Franken alimentierten Kajsa-Gruber-Weihnachtsstiftung. Ihr einziger Zweck war es, dem Waisenkind Lisa Sacchi einen guten Start ins Leben zu ermöglichen, und Capaul war ihr Präsident.

»Widi«, sagte er, »ich habe ein Problem.«

»Sehr schön. Welcher Güteklasse?«, fragte Widi.

»Es ist happig.«

»Umso besser, das erlaubt mir, mich vor einem furchtbaren Nachmittag bei Erdbeerjalousie und dünnem Kaffee mit meiner Frau Mama bei Hanselmann zu drücken. Dann komm mal gleich in die Kanzlei.«

Auf der Fahrt durchs Oberengadin versuchte Capaul, mit Atemübungen den rasenden Herzschlag zu beruhigen. Auf der Höhe von Zuoz hatte er sich so weit wieder unter Kontrolle, dass er ein Auge auf die Landschaft werfen konnte. Auf dieser Höhe lag noch fast überall Schnee, matter grauer Frühlingsschnee. Nur an den sonnigsten Stellen zeigten sich Flecken nackter Erde, aus der erste Krokusse sprossen. Es herrschte kaum Verkehr, und als er durch St. Moritz fuhr, stellte er fest, dass die meisten Läden geschlossen waren. Der Frühling im Oberengadin bot den Touristen wenig.

Widbert erwartete ihn in der kleinen Zweizimmerwohnung mit Blick über den See, die er seine Kanzlei nannte, doch er lebte auch da. Es war eine klassische Junggesellenwohnung, getäfelt im Stil einer Schiffskajüte. Hinter der Wandverkleidung verbarg sich auch das Klappbett. Die prominentesten Einrichtungsgegenstände waren eine Schiffsglocke und eine Kapitänsmütze, auf der stand: »Ohne schlechte Menschen gäbe es keine guten Anwälte.«

»Charles Dickens«, bemerkte Widi, während Capaul den Spruch las, und zwirbelte den Schnauzbart. Als Capaul ihn kennenlernte, war es noch ein Walrossbart gewesen, wie Bernhilds Argentinier ihn trug, doch seit einigen Wochen versuchte er, sich ein Dalí-Bärtchen zu trimmen, bisher mit mäßigem Erfolg. Widi hatte eine dicht geäderte Halbglatze, die sich gerade schälte, weil er wohl die Kraft der Höhensonne in diesen ersten frühlingshaften Tagen unterschätzt hatte. An den Füßen trug er flauschige Schlappen, mit denen er watschelte wie ein Pinguin.

»Setz dich.« Er deutete auf die tief ausgesessene, von Schweiß oder Körperfett getränkte Ledercouch, schenkte zwei Gläser Whisky ein, stellte eines aufs Fässchen, das als Salontisch diente, und ließ sich mit dem anderen in den Sessel sinken. »Ich bin ganz Ohr.«

»Weißt du schon, dass heute Nacht in der Herberge meiner ehemaligen Wirtin ein gewisser Theophrast Troutsch erschossen wurde?«

Widi brummte unbestimmt und widmete sich weiter seinem Glas, das er gegen das Licht hielt und leicht schüttelte, um zuzusehen, wie der Whisky in Tränen herabfloss.

»Und zwar im selben Zimmer, in dem ich letztes Jahr gewohnt habe. Weshalb die Polizei dort Spuren von mir gefunden hat. Und weil Peter, der Liebhaber der Wirtin, der meines Erachtens selber hoch verdächtig ist, mich bei der Polizei angeschwärzt hat, will die jetzt meine Vergangenheit durchleuchten. Peter hat in den Raum gestellt, dass der Indianer – so wurde Troutsch genannt – mich erpressen wollte.«

»Hm. Und wollte er?«

»Nein, um Himmels willen! Ich kannte den Mann gar nicht.«

»Also hast du ihn auch nicht umgelegt?«

»Natürlich nicht.«

»Und wo liegt dann das Problem?«

»Wenn sie nachforschen …« Capaul stockte.

»Verstehe. Dann stellen sie fest, dass du anderswo Dreck am Stecken hast.«

»Genau. Nicht zuletzt in der Sache, die dich und mich zusammengeführt hat.«

Widi hörte auf, mit dem Inhalt seines Glases zu spielen, kippte den Inhalt in einem Zug und goss wieder ein. »Du solltest auch trinken. Nichts befreit so schön wie ein Glas vierzigjähriger Glenfarclas. Wie war das? Du hast mit Lisa Dreck am Stecken?«

»Nein, natürlich nicht, ich rede vom vertuschten Mord an Kajsa Gruber.«

Widi verzog säuerlich das Gesicht, und die Adern auf seiner Glatze schwollen noch mehr an. »Pfui, so solltest du nicht reden. Es gab keinen Mord. Nicht einmal Totschlag. Alles unbewiesene Behauptungen. Und in Sachen Kajsa Gruber, Massimo, brauchst du dir nicht die geringsten Sorgen zu machen, die schlummert in tiefstem Frieden. Können wir jetzt auf dein neues Familienglück anstoßen? Ich war ja mehr als begeistert über das, was Marion mir von euch drei Hübschen erzählt hat.«

»Ich weiß nicht, worauf du anspielst, aber ich bin noch nicht fertig.«

»Ach! Noch mehr Dreck am Stecken?«

Capaul wiegte den Kopf.

»Viel mehr?«

Er zuckte betreten mit den Achseln.

»Na, dann beichte mal, mein Sohn.«

»Wo soll ich anfangen?«

»Vorn, immer vorn.«

Capaul zögerte noch immer.

»So peinlich? Dann lass mich übernehmen. Du brauchst nur Ja oder Nein zu sagen. Hast du einen Klassenkameraden über die Klippe gestoßen, in der Schule mit harten Drogen gedealt, ein Mädchen in den Busch gezerrt?«

»Natürlich nicht.«

»Na, das ist doch schon was. Kommen wir zur Kategorie Ödipus. Papa oder Mama umgelegt?«

»Mein Vater ist verschwunden, bevor ich auf der Welt

war. Vielleicht war ich der Grund, aber dann kann ich nichts dafür.«

»Und deine Mutter?«

»Habe ich in den Tod gepflegt. Sie hätte sich wohl gewünscht, ich helfe nach, ich manchmal auch. Aber nein, wir haben beide durchgehalten. Fünfzehn Jahre lang.«

»Die letzten davon lag sie in der Sterbeklinik, in der du gearbeitet hast, erinnere ich das richtig?«

»Ja.«

»Ist da was vorgefallen?«

Capaul schüttelte den Kopf.

»Auch nichts, das böse Zungen dir in die Schuhe schieben könnten?«

»Nicht, dass ich wüsste.«

»Ich komme mir vor wie beim Blinde-Kuh-Spielen. Polizeischule?«

»Kalt.«

»Dann kamst du ja gleich ins Engadin.«

»Ja. Wärmer.«

»Na also. Zuerst lief noch alles rund …«

»Eben nicht. Da war der Mord am alten Pinggera.«

Widi nickte. »Bedauerliche Sache, der Mörder war einer meiner treuesten Zechkumpanen in der Devil's Bar gewesen. Schwer zu ersetzen. Nippe jetzt mal wenigstens an diesem verdammten Glas!«

Capaul befeuchtete gehorsam die Lippen, dann vergewisserte er sich: »Was wir hier reden, bleibt aber unter uns, ja?«

»Natürlich.«

»Offiziell hat Jon Luca den Fall aufgeklärt, aber eigentlich war ich es. Allerdings hatte ich da meinen Dienst noch gar nicht angetreten.«

»Oh, verstehe. Das heißt, du hattest keine Kompetenzen, und deshalb hätten deine Beweise vor Gericht nicht gelten dürfen. Ei, ei, ei. Wer weiß noch alles davon?«

»Nur Jon Luca und ich.«

»Gisler?«

»Nein.«

»Glück gehabt. Jon Luca steckt ja mit drin. Wenn er dich opfert, reitet er sich selber mit rein. Dafür ist er zu clever. Haben wir jetzt reinen Tisch?«

»Noch lange nicht, es wird viel schlimmer. Die Sache mit den zwei toten Mineuren am Albula …«

»… die nie geklärt wurde.«

»Doch, sie wurde. Aber man hat mich erpresst. Es gibt Fotos, die mich …«

»Erspar mir die Details«, winkte Widi ab. »Ist es möglich, dass diese Fotos irgendwo kursieren?«

»Ich kann es mir nicht vorstellen. Der Fotograf würde damit auch seine …«

»Danke, reicht. Mir ist lieber, ich weiß nur das Allernötigste. Kommt noch mehr?«

»Ja, da ist die Sache mit Metas Mann Tumasch.«

»Der in der Steinlawine umgekommen ist?«

»Ja, das ist die offizielle Lesart. Fast zeitgleich gab es zwei Unfälle, Duri Lechthaler wurde auf der Jagd erschossen, Robert Caviezel kam mit dem Auto von der Straße ab.«

»Alles in den Tagen dieses üblen Wüstensturms, ich erinnere mich. Das wird ja immer brenzliger. Antworte mal lieber nur mit Nicken und Kopfschütteln. Lebt Tumasch noch?«

Capaul schüttelte den Kopf.

»Ist er eines natürlichen Todes gestorben?«

Kopfschütteln.

»Die zwei anderen auch nicht?«

Kopfschütteln.

»Lebt der Mörder noch?«

Capaul zögerte.

»Hast du sie etwa kaltgemacht?«

Heftiges Kopfschütteln.

»Also was? Du darfst reden.«

»Einer lebt, einer ist tot.«

»Lebt und läuft frei rum?«

Capaul nickte betreten. »Ich habe ihn aber in der Hand.«

»Und er dich.«

»Ja, aber er glaubt, dass ich Beweismaterial deponiert habe und er auffliegt, wenn mir etwas zustößt.«

»Ei, ei, ei.« Widi leerte abermals das Glas. »Und als wir uns zu Weihnachten kennengelernt haben, dachte ich, mit unserem kleinen Handel stürze ich einen naiven, unbescholtenen Dorfpolizisten in ein ungeahntes Dilemma.«

»Hast du auch getan. In den anderen Fällen habe ich nicht profitiert, ich wollte nur das Richtige tun.«

»Und das Richtige war eben nicht rechtskonform?«

Capaul nickte.

»Aber bereitet dir das alles nicht schlaflose Nächte? Auch ohne dass die Polizei auf die Idee kommt, alles noch mal aufzurollen? Versteh mich nicht falsch, ich bin kein Moralapostel, im Gegenteil. Wie langweilig wäre unsere Welt ohne das Böse. Ich will nur abchecken, wie weit der Handlungsbedarf geht.«

»Manchmal verfolgt es mich. Vor allem die Sache mit Metas Mann.«

»Und das spürt sie.«

»Ich glaube nicht.«

»Das war keine Frage, natürlich spürt sie das. Und ich sage dir gleich: Auf vergiftetem Boden keimt kein Weizen. Vergiss Meta.«

»Nein!«

»Doch, aber das vertiefen wir ein andermal. Erst üben wir Schadensbegrenzung. Ist im Fall Troutsch die Kripo schon eingetroffen?«

»Nein, die sind überlastet. Wahrscheinlich kommen sie morgen.«

»Sehr gut, bis dahin habe ich Gisler und den Staatsanwalt so weit, dass sie dich von der Verdächtigenliste streichen. Aber Gisler wird nicht drum herumkommen, dich ziehen zu lassen, wie schade. Ich hatte ihn gerade so schön angestachelt, dass er dich auf die Karriereleiter setzt.«

»Mich? Er hat mir genau das Gegenteil gesagt. Dass du mich freikaufen willst.«

»Nein, das ist Fränzi. Ich finde korrupte Beamte ganz wunderbar.«

»Ich bin nicht korrupt!«

Widi lachte schallend, ein Schwall Whiskyduft erfüllte das Zimmer.

»Du bist ein Musterexemplar an Korruptheit! Aber es ist wie im Verkehr, neunzig Prozent der Autofahrer stufen sich als überdurchschnittlich gut ein. Und alle korrupten Polizisten, die ich kenne, halten sich für anständige Kerle.«

Leise wiederholte Capaul: »Ich bin nicht korrupt.«

Währenddessen kämpfte Widi sich ächzend aus dem weichen Sessel hoch. »Jetzt mach dich aber auf die Socken. Plazza dal Muglin 4.« Das war Marions Adresse.

»Wozu?«

»Aus drei Gründen. Zum einen, damit ich hier in Ruhe telefonieren kann. Zum anderen, damit du nicht noch mehr Schaden anrichtest. Stimmt, das wollte ich dir noch sagen: Finger weg von diesem Fall Troutsch. Je mehr du dich einmischst, desto schuldiger wirkst du. Hier, entspann dich.« Er drückte Capaul die halb leere Whiskyflasche in die Hand. »Bitte nicht auf Eis.«

Capaul nahm die Flasche entgegen. »Was ist der dritte Grund?«

»Ach ja, drittens sollst du dir gefälligst diese Marion anlachen. Sie erwartet dich, bildlich gesprochen, mit offenem Schoß. Sonnenklar, dass ihr drei zusammengehört. Sollte es irgendwann zu einem Prozess gegen dich kommen, wirkt auf die Richter – und vor allem die Richterinnen – nichts entwaffnender als eine junge Familie mit liebevoll gehegtem Adoptivkind.«

»Das ist absurd.«

»Ja, Capaul, das Leben ist absurd«, versicherte Widi und schob ihn aus der Tür.

Capaul schlug den Weg zum Parkhaus ein. Doch als er beim Auto war, konnte er sich nicht entscheiden, wohin er fahren sollte. Also legte er nur die Whiskyflasche ins Handschuhfach und ging hinunter an den See. Tausend Gedanken jagten einander, und darüber lag, als permanenter Soundtrack, Metas warme, brüchige Stimme: *»We think that we think clearly, but that is only because we don't think clearly.«*

Inzwischen hatte er den See erreicht, und er beschloss gerade, noch ein paar Schritte weiter zu gehen, um bei Coop Brot für die Enten zu kaufen, als jemand von hinten sein Bein umschlang und Lisas fröhliche Stimme quietschte: »Nicht umdrehen, nicht umdrehen! Du musst erraten, wer es ist.«

»Ein Mörder?«

Sie kicherte. »Falsch!«

»Die Polizei.«

»Die Polizei bist doch du!«

»Na, dann vielleicht ein kleines Mädchen, das Lisa heißt und gerne Polizisten fängt?«

»Erraten!«

Mit ausgestreckten Armen wartete sie darauf, dass er sie hochhob und im Kreis schwang, so war ihr Begrüßungsritual. Danach küsste er sie jeweils auf die dunklen Locken – oder wie jetzt auf die Mütze –, danach stellte er sie behutsam wieder ab, verbeugte sich und sagte: »Stets zu Diensten.«

Inzwischen hatte auch Marion Capaul erreicht. Sie war langsamer gegangen, um noch eine leere Plastiktüte zu falten und in die Manteltasche zu schieben. Wahrscheinlich kamen sie gerade vom Entenfüttern.

»Was tust du hier?«, fragte sie.

»Ich war bei Widbert.«

»Wegen der Stiftung?«

»Nein, beruflich.«

»Oho.« Sie lächelte. »Polizeigeheimnis?«

»Ja.«

»Und wohin gehst du jetzt?«

»Nach Hause.«

Lisa klatschte. »Da gehen wir auch gerade hin.«

»Nach Lavin«, machte er klar.

»Iss doch noch mit uns zu Abend«, schlug Marion vor.

»O ja, bitte, Papa! Marion will mir zeigen, wie man Spaghetti Dingsda kocht. Die mit dem rohen Ei.«

»Ist es denn schon Abendbrotzeit?«, fragte er verwundert.

»Nein, es ist vier«, antwortete Marion. »Aber wir müssen noch einkaufen, Speck schneiden, Peccorino raffeln, Ei quirlen, Spaghetti zählen …«

»Spaghetti zählen?«

»Ja, weißt du das nicht?«, fragte Lisa.

Und Marion erklärte: »Wir haben zusammen eine Geschichte erfunden. Der kleine Tobias hat wie Lisa seine Eltern verloren und ist darüber so traurig, dass er nicht mehr essen will.«

»Außer Kekse«, fuhr Lisa fort. »Aber die machen nicht satt, sondern Bauchweh.«

Marion nickte. »Dann kommt aber eines Nachts der große Vogel Umberto und zeigt ihm, wie man aus Spaghetti eine Leiter bis in den Himmel bauen kann.«

»Wo natürlich die Mama und der Papa von Tobias wohnen«, erzählte Lisa. »Die er im Himmel zwar nicht sieht, weil sie ja tot sind und er nicht, aber er fühlt doch haargenau, dass sie ihm ganz nah sind.«

»Ach, und wie kann er das fühlen?«, fragte Capaul.

»Na ja, eigentlich fühlt er es erst, wenn er die Spaghetti gegessen hat, dann ist es endlich schön warm im Bauch. Davor hat er nämlich immer gefroren.«

»Aber es ist eben wichtig« ergänzte Marion, »es ist wichtig, dass die Anzahl Spaghetti durch drei teilbar ist, oder durch drei teilbar plus zwei, weil es sonst passieren kann, dass die Leiter nur ein Bein hat und kippt. Und was passiert dann?«

Lisa kicherte. »Platsch, fällt Tobias in den See und ertrinkt.«

»Nein«, rief Capaul entsetzt. »Nicht wirklich.«

Marion nickte zerknirscht. »Bis jetzt geht die Geschichte so. Aber wir arbeiten noch dran.«

»Machst du mit?« Lisa packte Capaul bei der Hand und zog ihn mit sich.

»Muss ich fast, der arme Tobias! Jemand muss ihn ja retten.« Irgendwie erleichtert machte er mit ihnen kehrt und ging zurück zur Fußgängerpasserelle, die den See über die Kantonsstraße hinweg mit dem Dorf verband.

Während Lisa voraushüpfte, fragte er Marion: »Ist die Geschichte von Tobias nicht etwas arg an den Haaren herbeigezogen?«

»Natürlich ist sie das. Ich bin ja auch ursprünglich Friseurin.«

Dieser an sich dünne Witz brachte ihn vollends aus der Fassung. Ohne dass er begriff warum, musste er darüber so lachen, dass er schließlich nicht einmal mehr gehen konnte und sich auf eine Bank setzte. Gleichzeitig war ihm zum Heulen. Aber das sparte er sich für später auf.

VII

Kaum waren sie in Marions Wohnung angekommen, rief eine Kundin an, die sich für ein unverhofftes Date »aufbrezeln« lassen wollte, wie Marion es nannte, und Capaul war mit Lisa allein.

Er schlug vor, dass sie schon mal den Speck schnitten. Doch Lisa erklärte sehr ernsthaft: »Marion kocht sehr lecker. Und etwas vom Wichtigsten, wenn man lecker kochen will, ist, dass man Ordnung hält, das habe ich schon gelernt. ›Alles hat seinen Platz, und alles hat seine Zeit.‹ Wenn wir zuerst den Speck schneiden, haben wir am Schluss Speck mit Spaghetti statt Spaghetti mit Speck, und das ist dann vielleicht nicht lecker. Deshalb müssen wir warten. Ich weiß aber, was wir tun können.«

»Was denn?«

»Entweder schneide ich dir die Haare, die sind nämlich wieder fällig.«

»Oder?«

»Oder ich zeige dir mein Fotoalbum.«

Das kannte Capaul zwar schon in- und auswendig, aber besser als Haareschneiden war es allemal. Und etwas war auch neu: Lisa hatte ihrem toten Vater Umberto auf allen Fotos Flügel gemalt.

»Jetzt sieht er aus wie ein Engel«, stellte er fest.

»Das ist er aber nicht. Er ist nur ein Vogel. Der Vogel Umberto eben.«

»Erinnerst du dich eigentlich noch an ihn?«

Lisa schüttelte den Kopf. »Es ist bestimmt komisch, wenn der Papa immer da ist, oder?«

»Ich weiß es nicht, ich habe meinen nie kennengelernt.«

»War er auch krank wie meiner?«

»Nein. Na ja, möglich ist es. Aber vielleicht war ihm auch einfach meine Mutter zu anstrengend.«

»Aber jetzt hast du einen zweiten Papa, oder?«

»Nein.«

»Was, überhaupt keinen? Kein bisschen? Nicht mal einen ausgedachten? Nie?«

»Ich kann mich nicht erinnern.«

Lisa blieb der Mund offen. »Aber man braucht doch einen!«

»Wozu?«

»Eben damit es warm im Bauch ist!«

»Ich kenne das Gefühl gar nicht. Mir war nie warm im Bauch.«

»Doch, bestimmt von deiner Mama.«

»O nein, die war richtig böse.«

»Böse?« Lisa sah ihn entgeistert an, und Tränen traten ihr in die Augen.

»Ja. Irgendwie hatte es mit ihrer Krankheit zu tun. Denk ich mir. Keiner wusste genau, was sie hat, und sie hat die ganze Welt gehasst.«

»Dich aber nicht.«

»Doch, mich am meisten. Jedenfalls hat sie auf mich am meisten geschimpft. Weil sie wusste, dass ich trotzdem bei ihr bleibe. Alle anderen wollten ganz schnell nichts mehr mit ihr zu tun haben.«

»Und wieso bist du geblieben?«

»Jemand musste sich doch um sie kümmern.«

»Aber wenn du jemandem ganz viel Geld gegeben hättest, dann hätte der sich um sie kümmern können.«

»Sie hat keinen Menschen in ihrer Nähe geduldet, nur mich.«

»Wieso?«

»Wahrscheinlich, damit ich bleibe.« Darauf kam er erst jetzt, und die unerwartete Erkenntnis, so schrecklich sie war, ließ ihn lächeln.

»Dann war sie aber eine Hexe.«

»Ja, vielleicht. Aber sie war auch schrecklich unglücklich.«

»Wieso?«

»Weil mein Papa nicht mehr da war.«

»Und wieso ist er nicht wiedergekommen?«

»Das hatten wir schon, das weiß ich eben nicht.«

»Hast du ihn nie gefragt?«

»Dafür hätte ich ihn erst finden müssen.«

»Aber gesucht hast du ihn?«

»Nein. Als meine Mutter gestorben war, hat der Nachlassverwalter ihn gesucht. Das ist der Mann, der entschieden hat, wer Mamas Sachen erbt. Der jedenfalls hat ihn nicht gefunden.«

»Dann hast alles du geerbt?«

»Ja.«

»Bestimmt hast du ganz schön Kohle gemacht.«

Capaul lachte über den Ausdruck. »Nein, ich habe nur Schulden geerbt. Und ein altes Auto.«

»Immerhin. Ich habe kein Auto geerbt.«

»Ja, immerhin.«

»Aber dann müssen wir deinen Papa suchen.«

»Nein.«

»Doch, natürlich!«

»Wozu?«

»Wozu wohl?«, rief Lisa. »Damit du … Damit du … Ich weiß auch nicht. Was würdest du denn tun, wenn du ihn findest?«

Capaul überlegte. »Also wenn er jetzt zur Tür reinkäme, dann würde ich … Wahrscheinlich würde ich ihm eine schmieren. Nein, wahrscheinlich würde ich ihm eine schmieren wollen, stattdessen würde ich nur brav aufstehen und ›Hallo, Papa‹ sagen und ihm einen Stuhl anbieten.«

»Ist er schon so alt?«

»Er wird jetzt etwa fünfundsechzig sein.«

»Also, ich komm jetzt mal zur Tür rein und bin dein Papa, ja?«

»Muss das sein?«

»Marion ist ja noch nicht wieder da.«

Lisa ging raus und kam wieder rein.

»Hallo, Papa«, sagte Capaul.

»Hallo, Papa«, antwortete Lisa.

»Massimo.«

»Stimmt. Hallo, Massimo. Wo hast du mein Auto?«

»Wieso deines? Das gehört jetzt mir.«

»Nein, ich bin dein Papa, deshalb gehört alles mir.«

»Meinetwegen, aber dann zahl auch Mamas Schulden.«

»Ist das viel?«

»Die Klinik kriegt noch etwa fünfzigtausend. Außerdem will ich für die fünfzehn Jahre bezahlt werden, die ich Mama gepflegt habe. Nein, vier Jahre erlasse ich dir, da wurde ich von der Sterbeklinik bezahlt. Wobei ich mit dem Lohn Mamas Aufenthalt bezahlt habe, sonst wären die Schulden noch viel höher.«

Lisa legte sich auf den Boden. »Ich finde das Spiel langweilig.«

»Ich auch. Wieso kann ich für dich nicht einfach Massimo sein? Wieso muss ich dein Papa sein?«

»Weil Mama es eben gesagt hat. Es steht doch in dem Brief.«

Sie setzte sich auf, zog ihn aus dem Fotoalbum und hielt ihn ihm hin. »Lies vor.«

Auch den Brief kannte Capaul inzwischen auswendig. »›Wenn Du losziehst, nimm diese Tasche mit, sie wird Dich zu Deinem Papa führen, in Dein neues Zuhause. Er heißt Massimo Capaul und ist der beste Mensch, den ich je kennengelernt habe. Deshalb habe ich ihn für Dich ausgesucht. Weil für Dich nur das Allerbeste gut genug ist, meine Wunderbare. Die Kekse iss lieber nicht gleich auf, sonst kriegst du Bauchweh.‹«

»Das musst du nicht mehr lesen.«

Capaul faltete den Brief und gab ihn zurück.

Während Lisa ihn wieder ins Fotoalbum legte, sagte sie wie nebenbei: »Vielleicht hätte sie dir auch einen Brief schreiben sollen. Dass ich nämlich eine ganz tolle Lisa bin.«

»Aber das weiß ich doch.«

»Und warum willst du dann nicht mein Papa sein?« Sie vermied es, ihn anzusehen.

Capaul zögerte. »Weil es alles noch komplizierter

macht. Weil ich Meta liebe, und irgendwie geht das nicht zusammen.«

»Dann lieb doch Marion, das geht ganz einfach. Ich zum Beispiel liebe Marion und dich und natürlich Mama und vielleicht sogar den komischen Vogel Umberto. Ja, und natürlich Ricki. Und Brian. Und Urs und Anna, das sind Marions Eltern.«

Im selben Moment drehte sich der Schlüssel im Schloss, es schnappte auf, und Marion rief: »Kinder, ich habe einen Mordshunger!«

»Ich auch, ich auch.« Lisa rannte ihr entgegen.

»Na, dann nichts wie ab in die Küche.«

Capaul folgte zögernd. »Ich muss vielleicht doch nach Hause.«

»Quatsch«, sagte Marion und hängte ihm eine Schürze um. »Rate mal, wen ich getroffen habe.«

»Keine Ahnung, Widbert?«

»Du bist ja wirklich eine Spürnase! Richtig, er war mit seiner Mama unterwegs, sie wollten Kuchen essen gehen. Er war ganz rührend mit ihr.«

»So, so.«

»Ja, und als ich ihm gesagt habe, dass du zu Hause Lisa hütest, hat er gesagt: ›Gerade vorhin habe ich mit Massimos Vorgesetztem telefoniert und erreicht, dass er ab sofort freigestellt wird.‹ Nein, er hat es anders ausgedrückt. ›Dass er in Ehren entlassen wird.‹ Darauf wartest du doch schon Ewigkeiten, oder?«

»Ja.«

»Dann sollten wir das feiern.« Sie zog eine Flasche Wein aus der Einkaufstasche. »Aufmachen.«

»Ich muss noch fahren.«
»Ein Gläschen wird wohl drin sein.«
»Für Polizisten gilt Nulltoleranz.«
»Du bist doch keiner mehr.«
»Ich bin Polizist, bis ich es schriftlich habe.«
Lisa schüttelte den Kopf. »Aber Spaghetti zählen darfst du, oder?«

Das taten sie dann auch. Danach kochten und aßen sie, und Capaul machte sich wieder auf den Weg.
Inzwischen war es sieben. Es dämmerte, und wieder zwitscherte eine Amsel.
Gleichzeitig klingelte sein Handy. Es war Meta.
»Das Essen ist fertig«, sagte sie knapp.
»Oh, ich bin noch in St. Moritz.«
»Bei Lisa?«
Er zögerte. »Ich hatte einen Termin bei Widbert.«
»Dann kommst du jetzt aber nach Hause?«
»Ja. Nein. Ich dachte, ich fahre noch schnell bei Bernhild vorbei. Ich nehme an, dass sie inzwischen entlassen wurde.«
»Apropos, die Polizei war heute da.«
»Linard, ich weiß.«
»Ich habe ihm erlaubt, auch dein Zimmer durchzusehen.«
»Ja, natürlich, ich habe nichts zu verbergen.«
»Bizarr war das Ganze trotzdem. Hast du was ausgefressen?«
»Natürlich nicht. Er wird ja auch nichts gefunden haben.«
»Tumaschs Jagdkram hat ihn brennend interessiert.

Aber wenn du sagst, dass Bernhild frei ist, haben sie den Mörder wohl gefasst.«

»Ich weiß es nicht. Ich weiß gar nichts. Doch auf bloßen Verdacht hin können sie sie nicht lange einsperren. Ich habe übrigens gehört, allerdings erst hintenrum, dass Gisler meine Kündigung akzeptiert.«

»So plötzlich? Dann rufe ich morgen gleich noch mal bei der Glückskette an. Ich weiß nicht, wieso das so lange dauert. Nach Tumaschs Tod haben sie so getan, als würden sie in Geld schwimmen und wären nur zu froh, es los zu sein, aber das ist jetzt bald ein halbes Jahr her.«

»Ich brauche dein Geld gar nicht.«

Meta stutzte. »Wieso nicht? Ich berappe doch deine Ausbildungskosten, das hatten wir so ausgemacht.«

»Fränzi Gubler hat Gisler einen Scheck geschickt. Sie fand, ich sei zu gut, um als Polizist zu versauern.«

Inzwischen hatte Capaul die Via Serlas erreicht und betrat das Parkhaus. Weil es am anderen Ende so still war, machte er aber gleich wieder kehrt. »Bist du noch da? Ich glaube, der Empfang war kurz weg.«

»Ich habe nichts gesagt. Hinter der Gubler steht wieder dieser Widbert Schmäh, ist das richtig?«

»Er ist ihr Anwalt.«

»Und will dich mit Marion verkuppeln.«

Einmal mehr fühlte Capaul, wie ihm das Blut in den Kopf schoss. »Wie kommst du darauf?«

»Ich zähle nur eins und eins zusammen. Lisa, du und Marion, das ist fast schon zwingend.«

»Ist es nicht eher deine Angst, die da spricht?«

»Oho, welch gewählte Ausdrucksweise«, spottete sie.

»Jedenfalls hat Widbert überhaupt keine Freude daran, dass ich die Polizei verlasse.«

»Und wieso nicht?«

»Weil er mich eben kennt, und als Anwalt hat man gern gute Kontakte zur Polizei. Aber ich habe ihm gesagt, dass ich es für dich tue. Dass du von mir verlangt hast, dass ich kündige.«

Metas Stimme wurde weicher. »Das hast du so gesagt?«

»Na ja, ungefähr. Jedenfalls habe ich es so gemeint.«

»Aha«, sagte sie enttäuscht. »Weißt du, Massimo, meinetwegen brauchst du nicht mehr zu demissionieren. Es funktioniert sowieso nicht.«

»Das sagst du ausgerechnet jetzt, wo wir gerade einen Schritt weiter sind?«

»Welchen Schritt?«

»Na eben, dass ich nicht mehr bei der Polizei bin.«

»Ja, und bei Lisa ein und aus gehst. Oder Marion. Oder Lisa und Marion.«

Capaul stockte. »Ich habe doch gesagt, ich war bei Widbert.«

»Ausschließlich?«

»Nein. Wenn du es genau wissen willst: Ich war noch am See spazieren. Ich musste nachdenken.«

»Über wen?«

»Über diesen Mord natürlich. Ich bin nicht so kalt, wie du denkst. Die Geschichte geht mir unter die Haut.« Und so freundlich wie möglich fragte er: »Wie hast denn du den Nachmittag verbracht?«

»Wie wohl, dieser Linard war ja da. Das hat sich gezogen. Danach musste ich wieder aufräumen. Zehn

Minuten war ich danach noch im Garten, dann ging die Sonne weg.«

»Hast du ein Zitat gefunden?«

»Ja, eines für dich: ›Gutes kann niemals aus Lüge und Gewalt entstehen.‹ Mahatma Gandhi.«

Damit hängte sie auf.

VIII

Capaul steuerte den Chrysler aus der Tiefgarage, verließ St. Moritz und erreichte eben den ersten Kreisel, als sein Handy erneut klingelte. Eigentlich wollte er den Anruf wegdrücken. Aber als er sah, dass es Jon Luca war, nahm er ab.

»Ich wollte dir nur mitteilen, dass die Staatsanwaltschaft unsere Marschroute revidiert hat. Gegen dich wird nicht mehr ermittelt, Bernhild ist auch wieder frei. Dafür dürfen wir jetzt die ganze Kundenliste des Indianers abklappern.«

»Danke für die Nachricht«, sagte Capaul. »Es wäre mir auch deinetwegen nicht recht gewesen, wenn der Fall Pinggera nochmals aufgerollt worden wäre.«

Jon Luca sagte ausweichend: »Ich denke, wir sind alle froh darüber.« Capaul dachte sich, dass er wohl nicht unbeobachtet war.

Während sie noch telefonierten, erreichte er den zweiten Kreisel vor Samedan und sah auf der anderen Seite einen Kastenwagen der Polizei. Inzwischen war es Nacht, und er erkannte die Insassen nicht, doch kaum hatten sie beide den Kreisel passiert, hörte er durch den Hörer ein triumphierendes Kreischen im Hintergrund, und Linard rief: »Das war doch Capauls Karre! Capaul, mit dem Handy am Ohr Auto fahren kostet hundert Franken.«

»Ja, Massimo, das solltest du wirklich nicht tun«, sagte Jon Luca ruhig.

»Weiß ich doch, ich konnte nur nicht so schnell anhalten. Und als ich gesehen habe, dass du es bist, dachte ich, womöglich geht es um Leben und Tod.«

»Für einmal nicht. Aber legen wir auf. Wir sehen uns spätestens Ende der Woche.«

»Ende der Woche?«

»Die Schleifmaschine.«

Im Wassermann war alles dunkel. Capaul ging ums Haus, klopfte hier und da an die Fenster und rief ein paarmal vergeblich nach Bernhild. Sie nahm auch das Telefon nicht ab.

Jon Luca hatte nicht gesagt, ob Peter ebenfalls entlastet war, und Capauls Gedanken begannen wieder zu kreisen. Möglich, dass Bernhilds Entlassung sie nicht von einer Last befreite, sondern diese noch vergrößerte. Glaubte sie weiterhin, dass Peter der Mörder war, und wollte ihn schützen, so musste sie dafür sorgen, dass die Polizei im Zweifel über den wirklichen Täter blieb – oder sich für ihn opfern.

Gern hätte er Peter angerufen, doch seine Nummer hatte er nicht gespeichert. Und als er die Auskunft bemühen wollte, fiel ihm ein, dass er Peters Nachnamen gar nicht kannte.

Er wusste aber, wo er wohnte, und fuhr hin. Auf einem Bauernhof nahe bei Bever, auf dem »Altenteil« sozusagen, denn inzwischen führte seine Tochter Karin den Hof. Capaul war in der Pinggera-Sache einmal dort gewesen.

Auch da war es Nacht gewesen, und wie damals sprangen, sobald Capaul auf den Kehrplatz fuhr, gleißend helle Scheinwerfer an, gleichzeitig begann ein Hund zu kläffen. Capaul war so geblendet, dass er nicht mehr erkannte, wohin er fuhr. Er hielt an, wo er gerade war, stellte den Motor ab, und nachdem er kurz abgewartet hatte, ob der Hund vielleicht losgebunden war und das Auto angriff, stieg er aus. Allmählich gewöhnte er sich an das grelle Licht.

»Was wollen Sie?« Karin kam auf ihn zu, eine Frau etwa Ende dreißig im Overall und mit markantem, klassisch geschnittenem Gesicht, neben dem das strähnige offene Haar wie eine schlechte Perücke aussah. »Sind Sie nicht der Polizist, der letztes Jahr mal hier war?«

»Ja, Massimo Capaul. Und Sie sind Karin. Ich suche Ihren Vater.«

»Sie meinen Peter? Er hat mit dem Mord nichts zu tun.«

»Wie kommen Sie darauf, dass ich wegen dem Mord hier bin?«

»Weswegen denn sonst?«

»Sie haben recht. Aber ich bin nicht hier, weil ich Peter verdächtigen würde, sondern aus Sorge um Bernhild.«

Karin zuckte mit den Achseln. »Sorge? War sie es, geschieht es ihr recht, was immer auf sie zukommt. War sie es nicht, wird sie sich von dem kleinen Schreck schon erholen. Die Leute hier oben sind zäh.«

»Gerade Peter scheint mir nicht der Zäheste zu sein.«

»Sie haben doch keine Ahnung«, erwiderte Karin unerwartet heftig, was Capaul umso mehr wunderte, als er sich sehr gut daran erinnerte, wie sie Peter damals zur Schnecke gemacht hatte. Aber dazu sagte er nichts.

»Wo finde ich ihn denn?«, erkundigte er sich stattdessen nochmals.

»Im Stöckli wohl. Sie müssen rein und rufen, es hat keine Klingel.«

Neben dem stattlichen alten Haupthaus mit mächtigem Tor, Sgrafitto-Bemalung und Schindeldach stand eine billig gebaute Unterkunft in Containerbauweise. Als Capaul eintrat, saß Peter vor dem Fernseher. Er schaltete ab, stand auf und kam ihm entgegen – wohl weniger aus Höflichkeit, als um zu verhindern, dass Capaul noch weiter in sein Reich eindrang.

»Ich freue mich, dass Bernhild wieder frei ist«, sagte Capaul zur Begrüßung.

Peter nickte fahrig.

»Aber ich mache mir trotzdem Sorgen um sie.«

Wieder nickte Peter.

»Ich war vorhin beim Wassermann, aber sie ist nicht da. Oder wenn sie da ist, macht sie nicht auf. Es brennt auch kein Licht.«

Schweigen.

»Weißt du, Peter, was ich glaube? Dass du denkst, dass sie es war. Und Bernhild denkt, dass du es warst. Ihr wollt beide den anderen schützen, sie, indem sie einen ominösen argentinischen Mafioso aus dem Hut zaubert, du, indem du mich anschwärzt. Die Staatsanwaltschaft hat übrigens die Untersuchung gegen mich schon wieder eingestellt.«

Peter schwieg noch immer.

»Das heißt, dass es jemand Dritter war – oder Vierter, wenn du mich mitzählst. Den gilt es zu finden. Die Polizei macht jetzt eine Art Rasterfahndung, und ich denke, das ist auch das Richtige.«

»Wieso bist du hier?«, fragte Peter.

»Um zu verhindern, dass etwas Dummes passiert. Etwas, das hätte vermieden werden können.«

»Geht es auch klarer?«

»Ich habe Angst, dass Bernhild sich etwas antut, um dich zu schützen. Dass sie sich umbringt und ein falsches Geständnis hinterlässt. Es ist wichtig, dass sie so schnell wie möglich erfährt, dass du Troutsch nicht umgebracht hast.«

»Und jetzt willst du, dass ich sie anrufe? Liebe Bernhild, ich bin übrigens nicht der Mörder, du brauchst dich meinetwegen nicht umzubringen?«

»Vielleicht bringst du sie irgendwie dazu, dass sie mir die Tür aufmacht. Heute früh wollte sie ja auch mit mir reden.«

»Ja eben. Soll ich noch nachhelfen, dass sie sich wieder in dich verknallt? Leute, die zusammen eine schlimme Sache durchstehen, verknallen sich oft ineinander, hab ich jedenfalls gelesen. Nach einem Flugzeugabsturz etwa oder einem Attentat. Da gibt's Statistiken.«

»Meinetwegen komm mit. Ich will sie ja nicht trösten, das kannst gern du tun. Mich braucht ihr nur, damit ihr einander vertrauen könnt.«

Peters Gesichtsausdruck wurde milder. »Na schön.«

Er nahm einen Schlüssel vom Haken und ging vor Capaul hinaus. Gleich blitzte die Flutlichtanlage wieder auf, und der Hund schlug an. Peter achtete nicht darauf.

»Bringst du mich nachher zurück«, fragte er, »oder fahren wir mit zwei Autos?«

»Ich kann dich gut bringen, ich will danach sowieso wieder nach Lavin.«

Sie stiegen gerade ein, da rief Karin: »Peter, danke!«

»Ach so, ja, schon recht.«

»Wofür dankt sie?«, wollte Capaul wissen, als er losfuhr. »Letztes Mal hat sie dich verflucht dafür, dass du den Hof verpfändet hast. Hat sich das denn eingerenkt?«

»Nein, das ist eine komplett verfahrene Sache.«

»Aber?«

»Nichts. Es geht halt nicht nur Bernhild schlecht. Und ich bin ein guter Tröster. War ich schon immer.«

»Was war denn? Bei Karin, meine ich.«

»Ganz im Ernst? Ich habe keine Ahnung. Aber an dieser Schulter kann man sich auch ausweinen, ohne zu reden.« Er klopfte sich auf die linke Achsel.

Capaul stocherte behutsam weiter. »Und das Geld ist also immer noch ein Problem? Wie fühlt sich das an, wenn man den Hof der Eltern in den Ruin treibt? Übertreibe ich?«

»Nein, nur war es nicht der Hof meiner Eltern, sondern der von Karins Mutter. Ich bin eingeheiratet.«

»Und wo ist Karins Mutter jetzt?«

»Tot.«

»Das tut mir leid. Schon lange?«

»Fünf Jahre.«

»Und woran ist sie gestorben?«

»Sie hat sich umgebracht. Nicht meinetwegen, falls du das denkst. Aber ich konnte sie auch nicht davor bewahren. Sie war depressiv, das sind hier oben viele. Ich weiß nicht, ob es an den Genen liegt oder an den langen Wintern. Am schlimmsten wird es, wenn der Frühling kommt. Ziemlich genau um diese Jahreszeit hat sie eine ganze Packung Antidepressiva geschluckt, und das war's. In der Badewanne, sie hat oft stundenlang gebadet, weil sie so fror.«

Gleich darauf erreichten sie Samedan. Capaul parkte unterhalb des Wassermanns, und Peter schloss die Seitentür auf. Von außen sah man noch immer kein Licht.

Peter rief: »Bernhild, ich bin es. Ich bringe Capaul mit, er will uns etwas sagen.«

Oben ging eine Tür auf, und Bernhild rief zurück: »Ich komme gerade aus der Dusche, gebt mir noch zehn Minuten.«

Peter machte Licht in der Gaststube und zapfte zwei Bier, damit setzten sie sich an einen der Tische.

»Wie wird man eigentlich ein guter Tröster?«, fragte Capaul.

Peter trank einen Schluck und wischte den Schaum von der Lippe. »Angefangen hat es mit Els, eben Karins Mutter. Sie war schön, sie war reich, einer wie ich macht ja nicht leicht eine so gute Partie. Aber ein Halodri hatte ihr das Herz gebrochen, und ich war im richtigen Moment zur Stelle. Danach hat sie begriffen, dass Zuverlässigkeit und Wärme mehr zählen als der bloße Chic. Umso mehr, wenn man einen Hof zu führen hat. Später mit Bernhild war es ähnlich. Erst war die Beziehung nur lauwarm, möchte ich sagen. Aber nachdem sie sich in dich verknallt hatte, musste ich sie wieder aufbauen, und das hat uns zusammengeschweißt.«

»Wie nach einem Attentat.«

»Vielleicht nicht so heftig.«

»Was der Indianer ausgenützt hat.«

»Ich habe dir gesagt, dass da nichts war«, fauchte Peter.

»Entschuldige.«

Dann kam Bernhild die Treppe herunter, im Bademantel und mit einem Handtuch ums Haar gewickelt, aber sie hatte nochmals Lippenstift und Rouge aufgelegt. Nachdem sie sich ebenfalls ein Bier gezapft hatte, ließ sie vor den Fenstern noch die Lamellen runter und setzte sich mit an den Tisch.

»Kinder, Kinder, das war ein Tag. Also, was gibt's?« Sie sah Capaul an.

»Es geht um den Mord, hör zu. Es ist nämlich so, dass Peter erst geglaubt hat, dass du es warst, und um dich zu schützen, hat er mich angeschwärzt.«

»Er war es nicht?«

»Nein. Und du hast geglaubt, dass er es war, und um ihn zu schützen, hast du diesen Argentinier aus dem Hut gezaubert. Stimmt's?«

Sie nickte vage, während ihr das Wasser in den Augen stand.

»Was beweist, dass ihr es beide nicht wart.«

Bernhild atmete tief durch und ergriff kurz Peters Hand. »Na schön. Und was ist mit dir, Massimo?«

»Ich war es natürlich auch nicht, die Polizei hat die Untersuchung auch gleich wieder eingestellt. Aber das ist nicht mal wichtig. Wichtig ist, dass ihr wieder offen miteinander redet und einander vertraut. Denn aus einer Lüge kommt nichts Gutes. Sagt der Dalai Lama.«

»Gandhi.«

Capaul stutzte. »Nein, der Dalai Lama.«

»Gandhi, glaub mir. Das steht auf den Zuckersäckchen, da kenn ich mich aus. Aber wer war es dann?«

»Das werden wir bald erfahren, die Polizei klappert jetzt alle seine Kunden ab. Ist das Zimmer noch versiegelt?«

Bernhild nickte.

»Hatte er ein Auto?«

»Ja, einen ausgebauten Van mit Schlafdach.«

»Der wohl beschlagnahmt wurde?«

»Nehme ich an, jedenfalls steht er nicht mehr unten. Aber du fragst so, als wärst du nicht selber Polizist.«

»Bin ich auch nicht mehr. Trotzdem läuft da draußen ein Mörder frei rum, das macht mich nervös.« Das hätte witzig klingen sollen, aber keiner lachte.

Peter fragte Bernhild: »War denn jetzt eigentlich was zwischen dem Indianer und dir oder nicht? Keine Angst, ich werde nicht wütend. Ich will nur wissen, woran ich bin.«

Weil Bernhild nicht gleich antwortete, stand er auf und zapfte noch zwei Bier. Capauls Glas war noch fast voll.

Dann setzte er sich wieder, und Bernhild sagte: »Ja, Peter, es war was, es tut mir leid. All die letzten Jahre über, in denen Theo hier abgestiegen ist, nicht. Aber diesmal schon. Theo war mit einem Mal alt geworden, rührend. Er hat gesagt: ›Bernhilde, du warst immer die Frau, die ich gewählt hätte, wollte ich eine Familie gründen, sesshaft und treu werden. Nur hatte ich es nicht im Blut. Jetzt erst, mit einundsiebzig Jahren, traue ich mir zu, dass ich es kann. Ich habe nämlich geträumt. Dass du und ich zusammen ein Häuschen haben. Am Meer, Atlantik. Morgens stiegen wir aus dem Bett, stießen die Fensterläden auf, und vor uns lag die ewig weite Brandung. Möwen, Fischkutter, salzige Brise. Und das Wichtigste: Wir wussten beide, es ist egal, ob wir leben, ob wir sterben. Es ist alles eins. Die Welt ist schön und weit, und wir sind Teil davon. Und das, Bernhilde, möchte ich in meinen letzten Jahren mit dir teilen.‹ ›Aber Theo‹, habe ich gesagt, ›ich ziehe nicht mit dir ans Meer, ich habe mein Wirtshaus.‹ ›Ja, weißt du, was das Verrückteste ist?‹, hat er gefragt. ›Diesen Traum hatte ich schon Anfang des Jahres, da war ich gerade in der Romandie unterwegs, und der Genfer See mag ja dem Meer noch ähneln, aber die Berge? Doch dann bin ich letzte Woche heim ins Engadin gekommen und sah es mit einem Mal ganz anders als all die Jahre und Jahrzehnte davor. Die Berge waren gar nicht mehr hoch und bedrohlich, sondern eben auch weit, leicht, einladend. Es muss nicht das Meer sein, Bernhilde. Der Wassermann reicht vollauf. Mit dir hier zu wirten, als dein dir angetrauter Mann, wäre des Indianers reinstes Glück.‹«

»Und diesen Schmus hast du ihm geglaubt?«, knurrte Peter.

»Denk dran, du wolltest nicht wütend werden.«

»Werd ich auch nicht, jetzt ist er ja tot. Und du hast immerhin nicht Ja gesagt.«

Bernhild nickte. »Obwohl es mich schon berührt hat.

Du würdest nie so reden. Aber dann waren wir zusammen in der Kiste, und es war nur öde. Die Tattoos mit den blöden Sprüchen waren das eine. Vor allem aber wollte er zwar und konnte auch, aber gleichzeitig war es, als wäre er überhaupt nicht da.«

»Vielleicht liegt es daran, dass er Viagra geschluckt hat«, mutmaßte Capaul.

Gleichzeitig stand Peter brüsk auf. »Nein, das alles muss ich mir nicht anhören.«

»Warte, lieber Peter!« Bernhild erhob sich ebenfalls und hielt ihn am Arm. »Setz dich wieder. Ich höre auch gleich auf. Nur das noch: Ich habe ihn dann nämlich gefragt, ob er mich vielleicht nur deshalb heiraten will, weil er nicht mehr weiß, wovon er leben soll. Weil das mit den Landwirtschaftsmaschinen ja ein Auslaufmodell ist. Und da war er das erste Mal ganz ehrlich. ›Ja‹, hat er gesagt, ›ich weiß oft nicht mal, wo ich am nächsten Tag das Geld für Essen hernehmen soll.‹«

Peter setzte sich wieder. »Hat er wenigstens das Zimmer bezahlt?«

»Nein, das wollte ich auch gar nicht. Ich habe ihm gesagt: ›Theo, ich bin froh über das, was in den letzten Tagen passiert ist. Ich bin froh über das, was du gesagt hast, und froh, dass du mir Gelegenheit gegeben hast, dich zu überwinden. Dreißig, ach was, vierzig Jahre und mehr habe ich nach dir geschmachtet. Jetzt sehe ich, was für ein Würstchen du bist.‹«

Peter hörte gebannt zu. »Ui! Und was hat er gesagt?«

»Lange nichts, nur genickt hat er. Erst ein paar Stunden später, als wir uns wieder begegnet sind, hat er gesagt: ›Ich wusste schon immer, dass ich ein Würstchen bin. Dass du es jetzt auch weißt, beruhigt mich irgendwie. Dafür würde ich dich am liebsten gleich noch mal heiraten. Aber wie heißt es so schön? Einem Club, der mich als Mitglied aufnimmt, trete ich gar nicht erst bei.‹«

Peter schnaubte. »Dieser Schwätzer.«

»Echt? Ich fand, das hatte noch Klasse«, verteidigte Bernhild ihn.

»Klasse hätte es gehabt, wenn er sich geändert hätte. Aber da hat er bestimmt schon die Nächste angemacht.«

Capaul sah wieder die Henna-Tattoos vor sich.

Aber bevor er etwas einwerfen konnte, sagte Bernhild: »Darüber habe ich auch nachgedacht. Bei euch auf dem Hof war er ein paarmal, aber Karin ist ja schon verheiratet.«

Peter lachte trocken. »Der hat mit allem geflirtet, das Brüste hat. Und ja, es ist wie verhext, im Moment geht auf dem Hof dauernd etwas kaputt. Erst der Mähdrescher, dann der Minitraktor, jetzt die Jauchepumpe. Und das muss man dem Indianer lassen, als Mechaniker war er richtig gut.«

Bernhild stand auf. »Gestern Nachmittag hat er mir noch die Zapfanlage gewartet. Nimmst du auch noch eines?«

Peter nickte.

Capaul erhob sich ebenfalls. »Ich lasse euch dann mal, ich werde erwartet. Oder soll ich dich noch fahren, Peter?«

Doch der hörte ihn gar nicht. »Sag, Bernhild«, fragte er, während Capaul ging, »muss man dir wirklich solchen Schmus auftischen, um bei dir zu landen?«

»Kommt drauf an, was du mit ›landen‹ meinst. Du willst mich schließlich nicht heiraten.«

»Na ja.«

»Wie war das?«

Dann fiel hinter Capaul die Tür ins Schloss.

IX

Als Capaul kurz vor halb zehn nach Hause kam, saß Meta noch immer am Küchentisch. Der Nudelauflauf war kaum angerührt, die sauberen Teller, Besteck und Gläser hatte sie zur Seite geschoben, offenbar hatte sie direkt aus der Schüssel gegessen. Auch jetzt hatte sie wieder Bücher um sich geschart, las aber nicht, sondern starrte müde vor sich hin.

Capaul setzte sich zu ihr und stellte die Whiskyflasche auf den Tisch. »Jetzt stoßen wir an, ja?« Er zog die Gläser zu sich und schenkte ein.

Sie nickte, dann fasste sie ihm an die Schulter. »Du hast da ein Haar.«

Es war lang und brünett, vermutlich von Marion. Meta sagte nichts weiter, sondern wickelte es nur zusammen, wie sie es mit ihren eigenen Haaren machte, und schob es unter die Auflaufform.

Schweigend stießen sie an und tranken, Meta hustete ein bisschen. »Das ist bestimmt ein teures Zeug.«

»Bestimmt. Und du bist immer noch fleißig?«

»Ach, was heißt fleißig, ich schlage die Zeit tot. Ich bin natürlich doch wieder bei Andri Peer gelandet.« Auswendig deklamierte sie: *»›Dis chi scruoschan da sulai, nots, chi sguottan da stailas.‹* Zu Deutsch: Tage, die von Sonne knistern, Nächte, die von Sternen tropfen. Aus seinem Gedicht *Engadiner Sommer.*«

»Das ist ja wunderbar«, sagte Capaul. »Für die Mauer perfekt.«

»Wie man's nimmt. Der Sommer hier ist sehr kurz, und in der übrigen Zeit deprimiert der Spruch. Manche Leute beschreiben das Wetter im Engadin so: Neun Monate Winter und drei Monate kalt.«

»Na, hör mal«, sagte Capaul, dabei wusste er, dass es nicht ganz falsch war. Auf dem Weg vom Auto ins Haus hatte er schon wieder aufpassen müssen, dass er nicht ausrutschte. Das Schmelzwasser, das tagsüber unter der warmen Frühlingssonne die Straße hinabgeflossen war, war abends schon wieder gefroren.

»Und überhaupt«, fuhr Meta müde fort, »hätte ich viel mehr Lust, einen Galgen an die Wand zu malen und dich daran aufzuknüpfen.«

»Ja«, sagte er nur, »warum nicht. Endlich Ruhe.«

Schweigend nippten sie an den Gläsern, Massimo pickte ab und zu vom Auflauf.

»Wie geht es Lisa?«, fragte Meta schließlich.

»Gut, sie ist fröhlich.« Kaum hatte er es gesagt, schoss ihm durch den Kopf, dass er sich damit verraten hatte. Aber das war jetzt egal.

»Wie ist denn die Pflegesache nun geregelt?«

»Fürs Erste ist Widbert Lisas gesetzlicher Vormund, Marion die Pflegemutter. Natürlich ist das Ziel, dass sie wieder richtige Eltern bekommt, Adoptiveltern. Aber so schnell geht das nicht.«

»Und Marion ist Single?«

»Jein. Sie ist notorisch und hoffnungslos in diesen schwulen Schlagersänger Ricki verliebt, mit dem zusammen sie die Schulbank gedrückt hat. Meine Idee war, dass sie gemeinsam Lisa adoptieren, noch besser zu dritt, Rickis Partner Brian ist auch ein feiner Kerl.«

»Aber?«

»Es wäre eine Fernbeziehung. Die beiden haben ihren Lebensmittelpunkt in Zürich.«

»Marion könnte umziehen.«

»Ja, das stimmt. Nur wer weiß, ob die Behörden diese doch eher extravagante Konstellation akzeptieren. Und in Zürich bräuchte Lisa einen neuen Vormund, der vielleicht wieder andere Ideen für sie hat. Vor allem aber fühlt sie sich hier wohl.«

»Mit dir.«

»Auch.«

»Und hast du dir nie überlegt, sie ganz zu dir zu nehmen? Jetzt hättest du ja Zeit, und finanziell würde Widbert dich sicher nicht hängen lassen.«

Capaul musste lachen. »Hast du mit solchen Gedanken den Abend verbracht?«

Sie wiegte den Kopf. »Unter anderem. Und, hast du?«

»Nein, habe ich nicht. Du wirst doch nicht wieder ein Kind im Haus wollen.«

»Nein, will ich wirklich nicht. Aber du könntest etwas in der Nähe suchen, und wir halten losen Kontakt.«

»›Losen Kontakt‹, wie das schon klingt.«

Sie seufzte. »Massimo, ich will mich nicht zu fest an dich binden. Ich werde es nicht ertragen, nochmals loslassen zu müssen. Nochmals der ganze Schmerz. Doch verlieren will ich dich auch nicht.«

Capaul schenkte nach.

»Das verstehe ich«, sagte er nach einer Weile. »Andererseits täte es dir gut, mehr unter Menschen zu sein.

Weißt du, was meine Fantasie ist? Dass wir alle hier leben, du, ich, Lisa, Marion. Das Haus ist so groß, und mit dem Geld der Stiftung könnten wir es erstklassig instand setzen. Im Stall könnten wir einen Kosmetiksalon für Marion einrichten, ach was, eine ganze Wellnessanlage. Es käme Leben in die Bude. Ja, das würde dem ganzen Dorf guttun.«

Meta zog die Brauen hoch. »Und ich bin was, die Puffmutter?«

Er deutete ein Lächeln an. »Ich hätte eher gedacht, der ruhende Pol. Das Herz, die Erdung. Du hast keine Ahnung, was für eine wunderbare Ausstrahlung du hast, nicht wahr? Ein Mensch wie du braucht überhaupt nichts zu tun, er verwandelt die Welt allein dadurch, dass er da ist.«

»Du bist schon fast so gut wie der Indianer. Als Nächstes erzählst du mir, dass du geträumt hast, wie wir eine kleine Gärtnerei in der Bretagne führen, mit Feldern voll dieser riesigen Schnittlauchblüten, dahinter die Klippe. Wellenrauschen, Möwengeschrei, frische Brise. Und dass du beim Aufwachen erkannt hast, wie sinnlos ein Leben ohne mich wäre.«

»Sag nur, er war auch hier.«

»Nein, hier nie, nur in der Gärtnerei, und das habe ich dir erzählt.«

»Hat er es erst dieses Jahr probiert oder auch schon früher?«

»Jedes Jahr. Dass Tumasch zwar hier wohnt, aber in seiner eigenen Welt lebt, war ja kein Geheimnis.«

»Sieh mal einer an! Bernhild und Peter sind am Mord übrigens beide unschuldig. Ich auch. Trotzdem, irgend jemand war es. Doch eine dieser fallen gelassenen Frauen?«

Sie hob die Schultern. »Aber die Frage ist doch mehr, wer so was tut. Frauen, die sich auf solche Typen einlassen, rechnen schon damit, fallen gelassen zu werden. Das bestätigt ihr Selbstbild, ewiges Opfer böser Männer zu sein. Vielleicht suchen sie sogar die Niederlage. So jemand greift nicht zur Knarre. Dafür braucht es mehr.«

»Mehr was?«

»Gute Frage. Mehr innere Zerrissenheit, mehr Unversöhnlichkeit. Das ist alles Küchenpsychologie, ja? Und gib mir auch was von dem Auflauf, ich kriege langsam Hunger. Also wer einen umlegt, tut das entweder aus Gewinnsucht oder weil er mit sich selbst nicht klarkommt. Mit sich oder den Zuständen. Weil ich eine geballte Wut über die Welt habe, wie sie ist, muss irgendjemand dran glauben.«

»Triebabfuhr?«

»Meinetwegen nenne das so.«

»Und wie könnte das mit dem Fall des Indianers zusammenhängen?«

Sie winkte lachend ab. »Mich bringst du nicht dazu, hier etwas zu spekulieren. Nachher landet meinetwegen einer im Knast.«

»Vielleicht hat er es ja verdient?«

»Verdient? Wer verdient es schon, im Knast zu landen? Abgesehen davon, dass Menschen, die derart am Leben verzweifeln, dass sie morden, schon vorher eingesperrt waren, in ihren Ängsten und Traumata.«

»Wie soll man sie bestrafen?«

»Gar nicht. Helfen.«

»Und wie?«

»Noch eine Gabel bitte.« Sie begann zu essen. »Ach, Massimo, wie wohl? Zuhören, da sein, Empathie, das weißt du doch selbst.«

»Und wenn wir so was aus deinem Haus machen würden?«

»Was, eine Auffanganstalt für Verzweiflungstäter?«, fragte sie mit vollem Mund, hielt die Hand davor und lachte so sehr, dass sie danach aufstehen und sich waschen musste. »Ich dachte, das habe ich mit Tumaschs Tod endlich hinter mir.«

Capaul bekam sofort schwitzige Hände. »Wie kommst du darauf, dass Tumasch ein Täter war?«

Noch immer lachend winkte sie ab. »Geschenkt, ich weiß gar nichts. Jedenfalls ist das Letzte, was ich diesem Haus wünsche, dass hier wieder wandelnde Leichen ein und aus gehen.«

»Das kann ich nachvollziehen«, sagte er und wischte beiläufig die Hände an der Hose ab. »Und was wäre das Gegenteil davon?«

Meta musterte ihn, an den alten abgestoßenen Waschtrog gelehnt, dann strich sie sich die Haare aus dem Gesicht. »Nein, Massimo«, sagte sie ernst, »mir kommt auch kein fröhliches Kind ins Haus. Ich würde jeden Tag vor Angst sterben, dass ihr etwas zustößt.«

Gleich darauf gingen sie schlafen. In einen Spalt seiner Zimmertür geschoben, fand Capaul vorher noch eine Notiz von Meta: »Gisler Samedan 7:30.« Das musste das Entlassungsgespräch sein. Für alle Fälle stellte er den Handywecker.

Nachts wurde er von brachialen und völlig unzusammenhängenden Träumen gequält. Doch dann weckten ihn noch vor dem Handyalarm die Amseln, durchs offene Fenster wehte der Duft von erstem Grün, und er stand sehr fröhlich auf.

Auf der Fahrt nach Samedan sah er auf beiden Spuren immer wieder Kastenwagen der Polizei mit unbekannten Gesichtern, das musste schon die Rasterfahndung sein. Er wunderte sich, dass Jon Luca am Telefon die drohende Kripo nicht mit einem Wort erwähnt hatte, doch vermutlich hatte er schon gewusst, dass Gisler ihn endlich ziehen ließ.

Auch vor dem Polizeiposten herrschte reger Betrieb, Capaul musste wenden und weiter unten parken. Gisler, der mit zwei Pappbechern Cappuccino am Fuß der Treppe auf ihn gewartet hatte, folgte ihm im Laufschritt.

»Mein Büro gehört heute der Kripo«, sagte er lachend, als er Capaul erreichte. »Hier. Komm, wir gehen spazieren.«

Capaul nahm den Kaffee entgegen und ging neben Gisler den ersten frühmorgendlichen Sonnenstrahlen nach.

»Es stört dich doch nicht, wenn wir uns duzen?«

»Ich muss es noch etwas sacken lassen«, gestand Capaul. »Aber darf ich daraus entnehmen, dass ich jetzt offiziell aus dem Dienst entlassen bin?«

»Zu meinem unumwundenen Bedauern. Aber Widi hat mir klargemacht, dass du für das Tal von größerem Nutzen bist, wenn ich dich ziehen lasse.«

»Ich, von welchem Nutzen?«

»Ich habe keinen Schimmer, was er konkret mit dir vorhat. Und glaub mir, ich habe gebohrt. Widi, musst du wissen, ist eine Art graue Eminenz des Oberengadins, der geheime Herrscher. Er verwaltet so viel Geld, dass er damit die Weltbank kaufen könnte. Nur so als Beispiel. Und er hat ein großes Geschick darin, die Fäden so fein zu ziehen, dass die meisten Leute nicht einmal bemerken, dass sie fremdgesteuert handeln.«

»Auch die Polizei?« Weniger als die bloße Tatsache wunderte ihn, dass Gisler so offen darüber sprach.

»Offiziell natürlich nicht. Aber erinnerst du dich, was ich dir an deinem allerersten Arbeitstag gesagt habe?«

Capaul nickte. Es war seine erste Standpauke gewesen, und sinngemäß ging sie so: »Die Polizei ist da, um Vertrauen zu wecken. Es geht nicht darum, mit der Brechstange Verbrechen aufzuklären, sondern den Bürgern ein Gefühl von Sicherheit und Geborgenheit zu vermitteln.« Was sich zumindest so verstehen ließ, dass manche Verbrechen besser ungesühnt bleiben, weil eine Strafverfolgung größere Wunden in der Gesellschaft reißen würde als das Verbrechen selbst.

»Wollen Sie damit sagen, Widberts Geld steht über dem Gesetz?«

»Wir duzen uns. Meine Freunde nennen mich Hörbi«, erinnerte ihn Gisler munter. »Und was für eine unanständige Frage! Nein, natürlich steht Widberts Geld nicht über dem Gesetz. Es *ist* das Gesetz.«

Und Capaul hatte keinen Zweifel daran, dass das stimmte. Während sie in Richtung Krankenhaus spazierten, nach wie vor stramm der Sonne nach, fragte er: »Warum eigentlich so fröhlich?«

»Oh, das hat viele Gründe. A: Meine Vereinbarung mit Widbert hat auch für mich erfreuliche Seiten. B: Endlich kommt der Frühling, ich spüre förmlich, wie das Vitamin D durch meine Adern schießt. C: Der Mord am Indianer ist schneller aufgeklärt, als zu befürchten war. Kehren wir um?«

»Ach!«, rief Capaul aus. »Wer war es denn?«

»Das darf ich dir natürlich jetzt nicht mehr sagen.«

Sie machten kehrt und gingen den gleichen Weg zurück.

»Aber gibt es ein Geständnis?«

»Davon kannst du ausgehen.«

»Und die Tatwaffe?«

»Ich sage nur: Alles passt. Die Kripo wäre dazu gar nicht nötig gewesen. Aber manchmal ist es auch einfach schön, sich zurückzulehnen und die anderen die Arbeit machen zu lassen.«

»Die ernten dann aber auch die Lorbeeren.«

»Sollen sie. Für dich und mich zählen andere Werte, stimmt's?«

Capaul musste ihm recht geben.

Gemütlich schlenderten sie in Richtung Revier, als ihnen von dort ein ganzer kleiner Polizeikonvoi entgegenkam. Der hinterste Wagen hielt kurz an, und ein sauber gescheitelter Grauhaariger mit randloser Brille und Jackett öffnete das Fenster. »Uns braucht es ja nun nicht mehr.«

»Danke, dass ihr so schnell kommen konntet«, sagte Gisler. »Das war ja ein flotter Einsatz.«

»Ja, wenn es nur immer so flutschen würde.«

»Irgendwann trinken wir drauf.«

»Worauf du wetten kannst.« Der Zivile grüßte lässig mit gestecktem Zeigefinger und fuhr wieder an.

»Ich kann es nicht fassen«, sagte Capaul. »Wann ist es denn passiert?«

»Um fünf Uhr früh gab es zeitgleich an sieben Adressen eine Hausdurchsuchung. Dazu kamen welche in Davos und Klosters. Meta und du, ihr hattet Glück, wäre Linard nicht gestern schon bei euch gewesen, hätten sie euch auch rausgeklopft. Es traf alle, mit denen der Indianer Geschäfte hatte.«

»Mit Meta hatte er keine Geschäfte.«

»Aber mit der Gärtnerei, da arbeitet sie nun mal.«

»Und so hat die Kripo den Mörder geschnappt?«

»Yep«, antwortete Gisler fröhlich. »Um sieben war der ganze Spuk vorbei.«

Kurz bevor sie den Polizeiposten erreichten, schob sich ein weiterer Kastenwagen im Schritttempo an ihnen vorbei. Die letzten Meter gingen sie hinter ihm her, als würden sie einen Sarg begleiten. Als das Auto auf dem Vorplatz hielt, machten sie einen Bogen und liefen fast in Barbla, die von innen die Seitentür aufgestoßen hatte und heraussprang.

»Hoppla«, rief sie. »Guten Morgen.« Dann erkannte sie Capaul und lachte. »Sind wir nicht schon mal so zusammengestoßen?«

»Ja, stimmt, bei unserer allerersten Begegnung. Guten Morgen.«

Auch Gisler grüßte, und dann schob Peter sich hinter Barbla aus dem Schatten des Wagens. Er trug Handschellen und tat sich schwer mit der hohen Stufe, doch Barbla half ihm. Sobald er sicheren Stand hatte, nickte er Capaul und Gisler zu und sagte ebenfalls: »Guten Morgen.«

X

Das muss ein Irrtum sein«, sagte Capaul verdattert zu Gisler, nachdem sie zugesehen hatten, wie Peter aufs Revier geführt wurde.

»Warum? Er hat doch gestanden. Und er hat auch kein Alibi.«

»Ja, das mag alles sein, nur …« Allerdings wusste Capaul mit einem Mal selbst nicht mehr, wieso er so sicher gewesen war, dass Peter mit seinen Aussagen Bernhild vor der Strafverfolgung hatte schützen wollen und nicht etwa sich selbst.

»Glücklicherweise ist das alles nicht mehr dein Problem«, sagte Gisler leicht frostig, klopfte ihm auf die Schulter und verschwand im Polizeigebäude.

Eine Weile stand Capaul da wie gelähmt, dann machte er kehrt und ging zum Wassermann.

Nachdem er eine Weile an die Scheibe geklopft und nach Bernhild gerufen hatte, machte sie auf. Sie trug Jacke und Mütze und hatte verheulte Augen.

»Wir hatten eine schöne Nacht«, erzählte sie, während sie die Kaffeemaschine anwarf. »So gegen sechs habe ich Peter nach Hause gefahren, da wartet schon die Polizei auf ihn. Drei, vier Mann, die im Hof rumstehen, Karin ist auch dabei. Peter steigt aus, Karin kommt auf ihn zu, doch er geht an ihr vorbei und redet kurz mit einem der Polizisten, dann nehmen sie ihn fest. Bevor ich auch nur den Zündschlüssel gedreht habe und ausgestiegen bin, haben sie ihn schon in einen Kastenwagen verfrachtet und die Tür zugezogen.«

Capaul nickte. »Vermutlich haben sie ihn dort verhört. Und Karin?«

»Steht da wie angenagelt, dann geht sie zum Hund, der die ganze Zeit gebellt hat, und beruhigt ihn. Zwei Polizisten stehen immer noch so rum, ich gehe zu ihnen und frage: ›Was war das? Sucht ihr den Mörder? Peter war's nicht.‹ Aber sie sagen nur, ich soll nach Hause fahren, und als ich nicht lockerlasse, drohen sie mit einer Anzeige wegen Behinderung der Ermittlungen oder so.«

Die Kaffeemaschine hatte endlich aufgeheizt, Bernhild ließ zwei Tassen Kaffee raus und schob ihm eine davon zu. Auf Capauls Zuckersäckchen stand: »›Wir gleichen den Lämmern, die auf der Wiese spielen, während der Metzger schon eines und das andere von ihnen mit den Augen auswählt; denn wir wissen nicht, in unseren guten Tagen, welches Unheil eben jetzt das Schicksal uns bereitet.‹ Arthur Schopenhauer.«

Er lächelte bitter, dann informierte er sie: »Ich habe gehört, er hat gestanden. Und die Tatwaffe scheinen sie auch zu haben.«

»Aber wie kann ein Mensch sich so verstellen?«

»Ja, das frage ich mich auch.«

Schweigend rührten sie ihren Kaffee und tranken, dann zog Bernhild endlich Mütze und Jacke aus.

»Wie lange er wohl sitzen wird?«

»Kommt ganz auf die Richter an«, erklärte Capaul. »Ob sie auf Affekt entscheiden. Wenn sie davon ausgehen, dass es eine geplante Sache war, wird er alt im Knast. Und ganz klar gegen ihn spricht, dass er sich nicht sofort gestellt hat.«

»Wie könnte er so was geplant haben? Das einzige halbwegs begreifbare Motiv wäre ja Eifersucht. Und jeder annähernd vernunftbegabte Mensch würde doch zumindest einmal mit seiner Angebeteten darüber reden, ob die Eifersucht überhaupt begründet ist. Das hat er nie getan.« Sie begann wieder zu weinen.

Capaul bezwang den Reflex, sie zu trösten, stattdessen sagte er: »Jedenfalls werde ich zusehen, dass er einen guten Anwalt kriegt. Und jetzt fahre ich zu Karin, ich muss wissen, was da genau los war. Von der Polizei erfahre ich ja nichts mehr.«

Bernhild nickte stumm, dann räumte sie weinend die Tassen in den Geschirrspüler.

Auf dem Weg zum Auto rief Capaul Widbert an. Widi lallte nur unverständlich, vermutlich hatte Capaul ihn geweckt. Als er auflegte, kamen ihm Zweifel, ob Widi überhaupt begriff, dass er ihn angerufen hatte, damit Widi Peters Verteidigung vor Gericht übernahm.

Danach fuhr er in Richtung Bevers. Im Radio wurde gemeldet, dass ein Verdächtiger im Fall Troutsch gefasst worden sei und ein Geständnis abgelegt habe. Danach der Standardsatz: Der genaue Tathergang sei noch nicht geklärt und Gegenstand der weiteren Ermittlungen.

Karin fegte gerade den Hof, als er vorfuhr.

»Störe ich?«, fragte er. »Ich dachte, womöglich kann ich irgendwie helfen.«

»Die Polizei ist schon lange weg.«

»Nicht der Polizei helfen, sondern Ihnen. Ich bin kein Polizist mehr.«

Karin musterte ihn mit undurchdringlichem Blick, dann streckte sie ihm in einer abrupten Bewegung, die ihn leicht erschreckte, die Hand hin.

»Karin.«

»Massimo. Ich komme gerade von Bernhild, Peter war heute Nacht bei ihr. Sie wissen ja sicher von der Beziehung.«

Karin nickte. »Warum ist sie eigentlich nicht mehr verdächtig? Hat sie ein Alibi?«

Capaul stutzte. »Ich weiß gar nicht, in meinem Kopf verschwimmt momentan alles. Aber Peter hat ja gestanden, und die Tatwaffe … Wo haben sie sie eigentlich gefunden?«

Karin zeigte aufs Jauchesilo. »Der erste Ort, an dem sie gesucht haben, sie sind zielstrebig drauflosgesteuert. Als hätte ihnen jemand einen Tipp gegeben.«

Capaul schüttelte den Kopf. »Den brauchten sie gar nicht, bei Bauern beginnt eine Hausdurchsuchung standardmäßig im Jauchesilo. Fast die Hälfte aller entsorgten Indizien und Leichen landet dort.«

Karin sah ihn überrascht an, mit dem Ellbogen versuchte sie, eine Haarsträhne aus dem Gesicht zu schieben. Die Hände waren bis weit über die Gelenke staubbedeckt.

Dann fragte sie: »Und was war das für ein Gerät, das sie benutzt haben?«

»Ein Metalldetektor und ein Magnet vermutlich. Das Versteck in der Jauche wäre gar nicht so übel gewesen, hätte er eine Kunststoffpistole verwendet. Die kann man heutzutage mit einem simplen 3-D-Drucker herstellen, die Vorlage dazu findet sich im Internet.«

Sie verzog das Gesicht. »Ich werd's ihm ausrichten«, versuchte sie zu scherzen. Gleich darauf schellte eine Klingel an der Hauswand, und sie warf einen Blick auf die Swatch am Handgelenk.

Bevor sie sich verabschieden konnte, sagte er eilig: »Ich weiß, du hast zu tun. Aber darf ich noch ein, zwei Fragen stellen?«

»Ich weiß nicht, wozu, aber bitte, heute ist sowieso alles durcheinander.«

»Peter hat gesagt, du bist verheiratet. Wo ist dein Mann, was tut er?«

»Pluto ist Industrietaucher, spezialisiert auf Staumauern. Pluto ist übrigens nur sein Spitzname, er heißt Edwin. Jetzt gerade ist er in Norwegen im Einsatz.«

»Norwegen, das ist nicht um die Ecke.«

»Nein, aber gut bezahlt. Was er kann, können nicht viele. Er kontrolliert die Fundamente unter Wasser und leitet Reparaturen.«

»Dann seht ihr euch nicht oft.«

»Alle vier Wochen.«

»Habt ihr Kinder?«

»Zwillinge, siebzehn. Maurus ist auf der Bauernschule, Trix lernt Weberin.«

»Wohnen sie bei dir?«

»Nein, so was kann man im Engadin nicht lernen. Maurus wohnt im Plantahof in Landquart, die Weberei von Trix liegt in der Val Müstair.«

Wieder schellte die Klingel. »Das ist das Telefon«, sagte sie, »ich würde gern abnehmen.«

»Natürlich«, sagte er, und sofort rannte sie ins Haus. Das schwere Tor ließ sie offen stehen.

Anstandshalber wartete Capaul zwei Minuten, dann ging er ihr nach. Im breiten, gewölbten Sulèr bestimmten Lampen und Wandbehänge aus braunem Makramee das Bild, in der angrenzenden Stube dominierten Webteppiche und Polstermöbel aus abgewetztem Cordsamt mit Katzenspuren. Die Wände waren in Arve getäfelt und mit gerahmten Postkarten von Mili Webers Blumenkindern geschmückt.

Karin stand an einem der tief liegenden kleinen Fenster und presste wortlos den Hörer eines roten Schnurtelefons ans Ohr, mit der anderen Hand hielt sie sich am Sims fest. Die Stiefel hatte sie vor der Tür abgestreift. Als Capaul sich räusperte, fuhr sie zusammen und wandte sich noch etwas mehr ab.

Er blieb auf der Schwelle stehen und wartete.

Endlich sagte Karin: »Ich rufe dich nach dem Mittag an, sagen wir um eins. Ich muss jetzt Schluss machen.«

Dann hängte sie auf.

»Meine Tochter«, erklärte sie. »Es nimmt natürlich alle mit.«

»Sind sie das?«, fragte Capaul und zeigte auf einen Plexiglasrahmen über der wohl gotischen Anrichte mit einem Foto von zwei ungewöhnlich schönen Teenagern mit schlechtem Haarschnitt und Faserpelzjacken. Das Mädchen kam ihm irgendwie bekannt vor.

»Ja, das war letztes Jahr, kurz bevor sie die Ausbildung angefangen haben.«

»Wie oft kommen sie denn noch nach Hause?«

»Jede freie Minute. Momentan heißt das jedes Wochenende. Eigentlich wären sie totale Nesthocker. Maurus will auch unbedingt später den Hof übernehmen, falls das dann noch möglich ist. Und Trix träumt von ihrer eigenen kleinen Weberei oben im Dachboden. Den müsste man allerdings noch isolieren.«

»Kommen sie heute nicht nach Hause?«

»Wieso sollten sie?«

»Nun, ich kann mir denken, dass in einer solchen Lage die Familie den Zusammenhalt sucht.«

»Und was sagen sie ihren Lehrmeistern? Ich glaube nicht, dass es als Grund für Urlaub akzeptiert wird, dass auf dem heimischen Hof einer verhaftet wird.«

»Immerhin ist es der eigene Großvater.«

Kurz schien sie irritiert, dann schüttelte sie den Kopf. »Selbst dann nicht.«

Capaul stieß einen Seufzer aus. »Ich sehe immer noch nicht, wie ich helfen kann.«

»Es tut schon gut, dass einer da ist und ablenkt. Sonst kreisen dauernd die Gedanken.«

»Worum?«

Karin zögerte, dann sagte sie wenig überzeugend: »Darum, was jetzt wird natürlich.«

»Ändert sich denn so viel? Peter war euch doch vor allem eine Last, jedenfalls hat er mir das so gesagt.«

»Das kann schon stimmen, im Grunde ändert sich nicht viel.«

»Oder glaubst du nicht, dass er es war?«

Ihr Blick wurde wieder härter. »Natürlich war er es, wieso sollte er das sonst sagen?«

»Weil er nett ist vielleicht?«

»Und wer war es dann?«

»Ich habe keine Ahnung. Vielleicht kommen wir weiter, wenn wir uns überlegen, wer die Waffe hier entsorgt hat. Wer war denn zwischen Sonntagnacht, als der Indianer erschossen wurde, und heute früh, als die Polizei kam, auf dem Hof? Unbemerkt bleibt bei dem scharfen Hund ja wohl keiner.«

»Er bellt nicht bei allen. Mir fällt keiner ein.«

»Dein Mann?«

»Nein, der war die Woche davor da. Er kommt immer für sechs Tage.«

»Also nur Peter, die Zwillinge und du?«

»Ja.«

»Und die Kinder reisen wohl am Sonntagabend schon wieder ab.«

Sie schüttelte erst fahrig den Kopf, dann korrigierte sie sich: »Ja, genau, abends nach dem Melken.«

»Gestern auch?«

Karins Blick wurde hart. »Langsam reicht's. Was willst du hören?«

»Keine Ahnung, ich frage ins Blaue hinein. Ich will nur begreifen.«

»Das wollen wir wohl alle.« Sie ging an ihm vorbei aus der Tür und stieg in die Stiefel. »Ich muss jetzt wirklich wieder arbeiten«, sagte sie und verschwand im Stall, einem vielleicht in den Siebzigern errichteten Ungetüm aus Wellblech und vergilbtem Plexiglas.

Capaul setzte sich ins Auto. Da er Hunger hatte, hielt er gleich in Bever wieder an und kaufte im Volg ein

Sandwich. Der Laden war zugleich eine Postagentur, und als er die sonnenblumengelben Werbetafeln betrachtete, kam die Erinnerung zurück.

Der Verkäufer war ein hagerer alter Herr mit einem dichten Netz aus Knitterfältchen und einem Kittel, in dem er aussah wie ein entlaufener Patient. »Sagen Sie«, bat ihn Capaul, »war nicht die Tochter von Karin Pitsch kürzlich mal auf einem Postplakat zu sehen?«

»Trix?« Mit zitternden Händen setzte er die Lesebrille auf, als läge das erwähnte Plakat vor ihnen. »Ja, das stimmt, sie war fast eine Berühmtheit. Um ein Haar wäre sie sogar in dieser Topmodelshow aufgetreten. Das muss letztes Jahr gewesen sein.«

»Was heißt ›fast‹?«

»Sie durfte sogar zu Probeaufnahmen nach Ibiza fliegen, oder Mallorca. Aber dann hieß es, ihre Füße wären für ein Model zu hässlich.«

»Zu hässlich? Wie muss ich mir das vorstellen?«

»Ich habe sie nie gesehen, vielleicht sind sie krumm, oder sie hat eingewachsene Nägel. Ich habe mal eine Frau gekannt, Sie wissen schon, die hatte ganz dicke Nägel, wie Baumrinde. Sie trug immer Socken, sogar in der Badeanstalt, selbst gestrickte. Wenn Sie mich fragen, waren die Füße nicht hässlicher als diese Socken.«

Capaul dankte und setzte sich ins Auto, um sein Sandwich zu essen.

Dann rief er in der Gerichtsmedizin an. »Marx, ich brauche mehr Informationen zu dieser Polydingsda. Wie häufig ist so was, und ist es erblich?«

»Ziemlich häufig«, erklärte Marx, »in unseren Breitengraden etwa eins zu dreitausend. Und zum Mitschreiben: Es heißt Polydaktylie, zu Deutsch Vielfringrigkeit. Für gewöhnlich wird der überzählige Zeh oder Finger in den ersten drei Lebensjahren amputiert. Wobei es nicht damit getan ist, dass man es einfach abschneidet, meist müssen auch Bänder und Gelenke rekonstruiert und Knochen verschmälert werden. Wenn es wie beim Indianer dazu noch den großen Zeh trifft, ist das schon eine knifflige Sache.«

»Die auch mal schiefgehen kann?«

»Was verstehst du unter ›schiefgehen‹? Fußmodel wirst du mit einer solchen Anamnese wohl nicht.«

»Genau darum geht's. Und der Defekt ist, nehme ich an, erblich.«

»Ich würde es eher Abnormität als Defekt nennen. Ja, die ist erblich, und zwar autosomal-dominant, was heißt, dass die Mutation nur in einem der beiden Chromosomensätze vorhanden sein muss. Die Wahrscheinlichkeit, dass die Mutation sich durchsetzt, ist dann fifty-fifty.«

»Heißt das, die Abnormität kann beim Erzeuger vorhanden sein, bei der Tochter womöglich nicht und bei der Enkelin wiederum schon?«

»Du hast es erfasst.«

»Interessant.«

»In Bezug worauf? Soviel ich weiß, ist der Fall Troutsch abgeschlossen.«

»Abgeschlossen, doch womöglich nicht geklärt.«

»Nanu, hatten wir das nicht kürzlich schon mal?«, bemerkte Marx süffisant. »Wie hieß die Dame noch, Graber? Gröber?«

»Ich habe keine Ahnung, wovon du redest. Und ich muss jetzt auflegen.«

Eben hatte Capaul den Anruf weggedrückt, da klingelte es wieder. Er nahm ab. »Marx, spar dir deine Zoten, wir hatten eine Abmachung.«

Aber es war Widi.

»Massimo, dein Wunsch war mir Befehl«, erklärte er fröhlich. »Peter Oswald ist mein neuer Mandant.«

»Ach, wirklich?«

»Na, Jubel klingt anders! Nur damit du klarsiehst: Dass ich mich für eine so profane Angelegenheit hergebe, ist keine Selbstverständlichkeit.«

»Danke.«

»Genau, das wollte ich hören.«

»Entschuldige, in meinem Kopf tobt gerade ein Chaos.«

»Na, dann sortiere das Chaos gefälligst, danach beweg deinen Arsch hierher und lass mir alle Informationen rüberwachsen, die das Gericht zu mildernden Umständen bewegen könnten.«

Capaul versprach es und fuhr zurück zu Karins Hof.

XI

Der Hund, eine massige Mischung aus Dobermann und Schäferhund mit schwarzem, zottigem Fell, tobte regelrecht, er sprang am Gitter des Zwingers hoch, knurrte und kläffte so heftig, dass ihm der Schaum von den Lefzen troff. Er ließ keinen Zweifel daran, dass er Capaul am liebsten zerrissen hätte.

Das Tor zum Sulèr war abermals nur angelehnt. Karin stand in der kleinen Gewölbeküche, durch deren weiß getünchte Wände noch der Ruß vergangener Jahrhunderte drückte, und wusch Salat. Als Capaul eintrat und anstandshalber an die Küchentür klopfte, blickte sie sich nur flüchtig um, dann arbeitete sie weiter.

»Ich dachte mir, dass du es bist. Siehst du, jetzt stehe ich hier und koche, so wie jeden Mittag. Dabei ist niemand mehr da, für den ich kochen sollte, ich selber bringe keinen Bissen hinunter. Du kannst bestimmt etwas vertragen, setz dich doch.«

»Etwas Salat gern, mehr mag ich auch nicht. Ich hatte gerade ein Sandwich.«

Er setzte sich und sah zu, wie sie zwei Teller Salat zubereitete, einen kleinen und einen großen.

»Was muss ich anstellen, damit der Hund mich mag?«

»Keine Ahnung. Ich denke mir, er vermisst Peter. Die zwei konnten sich nicht ausstehen, jetzt sucht er sich ein neues Opfer.«

Damit war das Thema gestorben. Karin nahm eine Schale Sprossen aus dem Kühlschrank und schnitt ein paar ab.

»Vorhin im Volg habe ich erfahren, wieso mir deine Tochter so bekannt vorkam«, begann Capaul wieder. »Sie soll auf dem besten Weg gewesen sein, Model zu werden.«

»Ja, das war eine der vielen verzweifelten Ideen, wie wir wieder zu Geld kommen könnten. Wir spielen auch Lotto. Und Pluto ist zwar nicht wegen Peters Pleite Industrietaucher geworden, aber das erweist sich jetzt als gute Sache. Einige seiner Jobs sind fast unanständig gut bezahlt. Hat Peter dir erzählt, wie er uns in die Scheiße geritten hat? Er hat den Hof versetzt, um auf eine fette Preissteigerung für Bauland zu spekulieren, wenn das Engadin Austragungsort der nächsten Winterolympiade wird. Das Projekt ist gescheitert, und wir haben alles verloren. Jetzt bezahlen wir mehr Pacht, als wir erwirtschaften, ist das nicht obszön? Auch was Pluto heimbringt, versickert sofort.«

»Warum bleibt ihr dann noch?«

Sie drehte sich brüsk um. »Na, hör mal! Weil das unser Hof ist, seit Jahrhunderten. Wir packen das, wir müssen nur noch ein paar Jahre durchhalten. Maurus hat schon Ideen, wie wir den Ertrag massiv steigern können, mit Hanf, Hanf ist das Produkt der Stunde. Und die Berufswahl von Trix war auch clever, Handgewobenes ist der Renner. Unikate, Qualität, so was zählt heutzutage.«

Sie klappte einen antiken hölzernen Wandtisch herunter, stellte die Teller darauf, gab Capaul eine Gabel und setzte sich zu ihm. Sie aß nun doch, achtlos, mit aufgestütztem Ellbogen, wobei sie mit der Gabel zustieß, als wollte sie ein Messer in ihr Opfer rammen. Im Dämmerlicht der Küche sah sie plötzlich unerwartet schön aus, fast wie eine Statue.

»Aber Trix hatte diese Polydaktylie, richtig?«, griff Capaul den Faden wieder auf.

Karin starrte ihn an, während ihre Hand sich so fest um den Gabelgriff schloss, dass die Adern hervortraten. »Wie kommst du darauf?«

Capaul hielt es für sehr leicht möglich, dass sie sich plötzlich auf ihn stürzte. Aber da musste er jetzt durch.

»Ist es nicht so, dass sie ihren Modeltraum der Füße wegen aufgeben musste? Die Leiche des Indianers wurde barfuß gefunden. Er hatte auch je sechs Zehen.«

Sie saß starr da, nur ihre Augen jagten. Ganz offensichtlich hatte er sie mit seiner Bemerkung in die Enge getrieben. Er wusste, dass er jetzt mit allem rechnen musste, und hielt, um schneller fliehen zu können, mit beiden Händen die Tischkante fest, die ganz abgegriffen und rund war.

Doch dann schüttelte sie nur den Kopf wie jemand, der durch den Regen gerannt ist und das nasse Haar ausschüttelt, dann wiederholte sie tonlos: »Sechs Zehen, sagst du? Ja, natürlich, deshalb immer diese Stiefel! Wo hatte ich nur all die Jahre meinen Kopf?«

Das war nicht die Reaktion, die Capaul erwartet hatte.

XII

Im nächsten Augenblick weinte sie. Capaul hatte schon viele Menschen weinen sehen, aber selten mit solcher Heftigkeit. Er saß geduldig daneben, in der Hoffnung, dass der Verzweiflung irgendwann ein Geständnis folgte oder sie ihm zumindest etwas offenbarte, das ihm weiterhalf.

Da klingelte jedoch sein Handy. Das Display zeigte Metas Nummer. Er ging hinaus – hinters Haus, um den Hund nicht wieder zu provozieren.

»Hier ist die Hölle los«, sagte Meta und stöhnte, während es im Hintergrund knallte und kreischte. »Wo steckst du?«

»In Bever. Was ist los bei dir?«

»Egal, komm einfach schleunigst her.« Damit hängte sie auf. Als er zurückrufen wollte, nahm sie nicht mehr ab.

Capaul wollte erst noch kurz zu Karin zurückkehren, dann rannte er aber zum Chrysler und fuhr direkt nach Lavin. Natürlich machte er sich so seine Gedanken. Der Lärm konnte von vergleichsweise harmlosen Dingen herrühren, einer kaputten Waschmaschine etwa, die sich im Schleudergang selbstständig gemacht hatte. Oder ein umstürzender Baum hatte den Nullleiter der Überlandleitung durchtrennt, was zu gewaltigen Stromschwankungen führte und dazu, dass im

Dorf reihenweise mit lautem Geknall die Sicherungen durchbrannten. Das hatte es diesen Frühling schon einmal gegeben. Ebenso gut war es aber möglich, dass er Gisler falsch verstanden hatte oder von ihm hinters Licht geführt worden war und die Polizei in diesem Augenblick bei Meta eine Razzia durchführte. Das wiederum konnte alles Mögliche bedeuten.

Als er das Sträßlein zu ihrem Haus hochfuhr, stand dort allerdings der kleine, in den Regenbogenfarben bemalte Tourbus von Ricki und Brian. Gleich dahinter parkte Marions zitronengelber Fiat Panda. Das Knallen hatte womöglich die Filmklappe verursacht, die jetzt unbeachtet im zart sprießenden Gras lag, während Lisa mit Ricki im Schlamm robbte und Marion und Brian auf der Bank sitzend Himbeer-Gazosa aus der Flasche tranken.

»Entschuldige den Überfall«, sagte Marion, als Capaul an ihnen vorbei ins Haus ging, um Meta zu finden. »Aber ist es nicht herrlich? Endlich Frühling!«

Meta saß in sich zusammengesunken am Küchentisch und sah fast so kläglich aus wie zuvor Karin.

»Hier bin ich«, sagte er. »Was ist los?«

Mit gerunzelter Stirn sah sie ihn an. »Was wohl? Eine Invasion von tobenden, schreienden, lärmenden Irren. Schaff sie mir vom Hals.«

»Was suchen sie überhaupt hier?«

»Dreimal darfst du raten. Dich.«

»Gut, ich deichsle das. Aber so einfach rausschmeißen kann ich sie nicht.«

»Dann gehe eben ich.«

»Wohin?«

»Keine Ahnung, spazieren. Aber vorher verrätst du mir bitte, was du in Bever zu suchen hast.«

»Ach, dort ist es so irre wie hier. Sie haben Peter Oswald verhaftet. Gestern Abend erklärt er hoch und heilig, dass er unschuldig ist, heute früh stellt er sich plötzlich. Ich bin zu seiner Tochter Karin gefahren, um rauszufinden, was da los ist. Am Anfang unserer Unterhaltung wirkte sie ganz gefasst, dann hat sie plötzlich Sturzbäche geheult.«

»Wundert dich das?«

»Hätte es dich auch. Der Auslöser war bizarr. Wir haben von den Füßen ihrer Tochter gesprochen, die an Polydaktylie leidet. Dann habe ich erwähnt, dass auch der Indianer je sechs Zehen gehabt hat. Das hat sie nicht verkraftet.«

Meta sah ihn verwundert an. Nachdem sie eine Weile schweigend nachgedacht hatte, klopfte sie auf den Tisch, stand auf und steckte den Schlüssel zu ihrem alten Jeep ein.

»Ich wollte schon lange bei Karin vorbei. Sie fabriziert die weltbesten Würste.«

»Würste?«

Meta nickte. »Reines Rindfleisch. Und streng für Eingeweihte, das Lebensmittelinspektorat hat ihr nämlich den Verkauf verboten. Hör zu, Massimo, bis ich zurückkomme, sind die da draußen weg.«

»Versprochen.«

Capaul folgte ihr nach draußen und setzte sich zu Marion. Inzwischen robbte auch Brian im Schlamm.

»Was soll die Invasion?«

»Tut mir leid, dass es phasenweise laut wurde«, erklärte Marion. »Am Anfang waren sie ganz friedlich. Sie haben Dreharbeiten gespielt, seit Lisas Auftritt in der Weihnachtsshow ist das eines ihrer Lieblingsspiele. Aber dann wurde die Klappe zum Krokodil, und danach gab es kein Halten mehr. Ricki ist mit Lisa wie ein Kind und Brian zu gutmütig, um sich rauszuziehen. Immerhin habe ich es irgendwann geschafft, sie mit Limonade nach draußen zu locken. Sie ist vom Hotel Piz Linard und richtig gut. Willst du?« Sie hielt ihm ihre angetrunkene Flasche hin.

»Danke, gerade nicht. Was ich meinte: Wieso seid ihr überhaupt hier?«

»Wegen Lisa. Ich war bei einer Kundin, und als ich heimkam, lag eine Notiz von ihr auf dem Tisch: ›Fare tsu Masimo.‹ Ich dachte erst, ihr habt euch verabredet und vergessen, mir was zu sagen, aber als ich bei dir angerufen habe, wusste deine Frau von nichts. Da wurde ich unruhig, habe mich ins Auto gesetzt und bin hergefahren. Inzwischen saß sie mit Meta in der Küche, sie ist allein mit dem Zug gekommen, stell dir vor. Sie hat gesagt, es war ganz leicht, alle haben dich gekannt. Sie hat sich durchgefragt. Ricki und Brian offenbar auch, mit denen hatte sie sich hier verabredet, es hat irgendwas mit der Scheune zu tun. Frag sie selbst. Jedenfalls warst du nicht da, Lisa schlug vor, Fernsehen zu spielen, und die Sache nahm ihren Lauf. Die Klappe haben sie damals am Dreh geklaut und seither immer im Bus mit dabei.«

Ein Haufen verdurstender Wühlwürmer robbte herbei, unterbrach Marion und machte sich über die restliche Limonade her. Lisa kletterte auf Capauls Schoß und schenkte ihm eine schlammtriefende Umarmung.

»Und, Papa, ist das eine Überraschung?«

»Kann man wohl sagen. Wie kam es dazu?«

»Ganz einfach, Ricki hat angerufen und gesagt, sie sind ganz in der Nähe, und ob sie mich besuchen sollen.«

»Wir hatten ein Konzert in Ischgl«, erklärte Ricki.

»Genau, aber jetzt erzähle ich. Ich habe ihn nämlich gefragt: ›Wart ihr im Fernsehen?‹, und Ricki hat gesagt: ›Nein, nicht im Fernsehen, sondern in einer Scheune.‹ Da habe ich gesagt: ›Oh, eine Scheune hat mein Papa auch.‹ Und Ricki hat gesagt: ›Echt? Klasse. Dann will ich die sehen!‹«

»Nein, falsch! Ich habe gesagt: ›Oh, toll, eine eigene Scheune hätten wir auch gern. Für unser Tonstudio. Was hat dein Papa denn mit seiner Scheune vor?‹«

»Meinetwegen. Ich habe gesagt: ›Schön machen tut er sie eben.‹ Dann hat Ricki gefragt: ›Wofür macht er sie schön?‹ Und ich habe gesagt: ›Das musst du ihn schon selber fragen.‹ Und er hat gesagt: ›Na, gern. Vielleicht zeigt er sie mir auch.‹ Und da habe ich gesagt: ›Die steht aber in Lavin. Dann treffen wir uns dort.‹ Und da sind wir.«

»Genau.« Ricki strahlte mehr als Lisa.

Die sagte nämlich jetzt besorgt: »Meta hat jetzt aber gesagt, dass es gar nicht deine Scheune ist, Papa. Was stimmt denn nun?«

»Jedenfalls ist sie grandios«, warf Ricki ein, bevor Capaul antworten konnte. »Wir haben uns nämlich erdreistet, schon mal einen Blick hineinzuwerfen. Das wäre das absolut perfekte Tonstudio!«

»Ja, wirklich«, sagte Brian. »Und hier oben zu arbeiten wäre ein Traum.«

Lisa leuchtete vor Zufriedenheit. »Habe ich das nicht gut gemacht?«

»Leider nein«, sagte Capaul. »Meta mag es nicht, wenn man über ihre Sachen verfügt. Und der Stall gehört wirklich einzig und allein ihr. Ich bin quasi nur der Knecht.«

Lisa war ganz erschlagen.

Brian sagte: »Da kann man nichts machen.«

Nur Ricki ließ nicht locker. »Was hat Meta denn damit vor? Wir könnten ihn pachten, wir zahlen gut. Und unsere Musik ist auch nicht lärmig.«

Capaul wiegte den Kopf. »Das zu glauben dürfte ihr schwerfallen. Außerdem will sie den Stall am liebsten einfach leer stehen lassen.«

»Aber das wäre ein Verbrechen! Ein so wunderbares Gebäude, und mitten im Dorf! Wo findet man das heute noch?«

»Tja«, meinte Capaul.

Und endlich meldete sich auch Marion zu Wort. »Nicht alle haben eben deine Energie, Ricki. Manche Dinge können nur gelingen, wenn man sich Zeit lässt.«

»Auf den Stall könnt ihr warten, bis ihr schwarz werdet«, machte Capaul nochmals klar.

Und Lisa konnte wieder grinsen. »So wie du auf Ricki«, neckte sie Marion.

Verwirrt fragte Ricki: »Wie meint sie das?«

Marion warf Lisa einen scharfen Blick zu. »Überhaupt nicht, sie plappert nur.«

»Und was ist eigentlich mit dir und Massimo? Läuten da nicht bald mal die Hochzeitsglocken?«

»Ricki«, rief Brian vorwurfsvoll. »Ich mag diese Meta,

sie ist wirklich sympathisch! Und du willst ihr erst die Scheune wegnehmen und jetzt auch noch den Mann.«

»Ich mag sie ja auch«, gab Ricki zu. »Trotzdem gibt es zwei Sorten Menschen, die einen stehen mitten im Leben, die anderen mit dem Rücken dazu. Zu ihnen gehört, wenn ihr mich fragt, Meta. *She belongs to the dead*, wenn ihr wisst, was ich meine. Massimo hingegen gehört zu uns. Oder sollte es zumindest. Ich schätze, er selbst ist da noch unentschieden.«

»Ich verstehe kein Wort«, beschwerte sich Lisa. »Was ist, spielen wir noch mal Wühlwürmer?«

Brian und Ricki wollten sich schon zu Boden werfen, aber Capaul rief: »Nein, Meta will, dass ihr weg seid, wenn sie zurückkommt. Also bitte.«

»Schon gut.« Summend sammelte Marion die Limonadenflaschen ein. »Entschuldige den Überfall. Übrigens habe ich dich für den Kurs jetzt einfach mal mit angemeldet.«

»Welchen Kurs?«

»Den Pflegeelternkurs natürlich.«

»Hatte ich nicht gesagt, ich denke darüber nach?«

»Doch, hattest du. Aber jetzt habe ich für dich entschieden.« Sie drückte ihm einen herzhaften Kuss auf die Backe. »Kommt, Kinder, Papa braucht seine Ruhe.« Dann fasste sie Lisa bei der Hand und zog sie mit sich.

»Wieso da lang?«, fragte Lisa.

»Wir müssen noch die Flaschen zurückbringen.«

Davor machte Lisa sich noch mal los und rannte zu Capaul, um zum Abschied sein Bein zu drücken. Dann hüpfte sie den anderen nach.

Brian und Ricki sangen:

»Leaning just a little bit
Tell your friends you're getting sick
Tell your new band that you quit
Tell your best friends how to live«

Als sie weg waren, betrachtete Capaul seine verdreckten Kleider und ging hinein, um sich umzuziehen.

Davor duschte er. Lange ließ er das heiße Wasser den Körper hinab und über die Füße rieseln. Während er seine Zehen zählte, wanderten die Gedanken. Meta hatte die Information von Theophrast Troutschs Polydaktylie nicht besonders überrascht – vermutlich weil sie ihn nur in Momenten erlebt hatte, in denen es normal war, Schuhe zu tragen. Für Bernhild dagegen, die den Indianer intim gekannt hatte, sowohl im Bett wie im Bad mit Schuhen, war sie ein großes Aha-Erlebnis gewesen. Noch heftiger war Karins Reaktion ausgefallen. Wieso, was verbarg sich dahinter?

Bevor er sich dieser Frage allerdings widmen konnte, stieß Meta die Tür auf. »Duschst du noch lange? Du weißt, dass der Durchlauferhitzer nur entweder unten oder oben heizt. Ich hätte sehr gern heißes Wasser, um endlich den Boden aufzuwischen. Deine Freunde haben alles verdreckt.«

»Ich wusste nicht, dass du schon zurück bist«, entschuldigte er sich. »Und den Dreck habe wohl ich selber eingeschleppt, die anderen waren gar nicht mehr im Haus.«

Inzwischen war Meta jedoch schon wieder aus der Tür.

Capaul trocknete sich ab und zog sich an, dann ging

er ihr nach. Er fand sie im kleinen Wohnzimmer, das auch eine Art Büro war, auf den Fensterbrettern und am Boden stapelten sich in kleinen Türmen Post und Dokumente.

»Ich suche die verdammte Nummer von dem Glückskettemenschen«, sagte Meta, als sie ihn bemerkte. Sie richtete sich auf und versuchte ein Lächeln. »Du musst entschuldigen, ich bin nicht gut drauf. Ich war es vorher schon nicht, und jetzt bin ich es noch weniger.«

»Deine Jacke ist voller schwarzer Haare«, bemerkte Capaul und versuchte sie abzuwischen.

»Dunja.« Diesmal lächelte sie wirklich. »Karins Hündin.«

Er erschrak. »Hat der Köter dich angefallen?«

»Wo denkst du hin? Nein, wir haben gespielt. Dunja ist total verschmust.«

»Na, danke! Sag, wie war es mit Karin? Hat sie geredet?«

»Zuerst nicht. Also habe ich geredet.«

»Du? Worüber?«

»Über das Kind, das ich verloren habe, den Mann, den ich verloren habe … Darin hat sie sich wiedererkannt.«

»Ich verstehe den Zusammenhang nicht.«

»Massimo, sie hat auf schlimme Art ihre Mutter verloren und jetzt auf noch schlimmere den Vater.«

»Ha, ich wusste es!«, rief er. »War der Indianer ihr Vater?«

»Ja, aber da gibt es nichts zu triumphieren, Massimo.«

»Nein, stimmt.« Aber er konnte ein Feixen nicht

unterdrücken. »Und das hat sie dir so frei heraus erzählt?«

»Nein, aber sie hat mir Briefe gezeigt.«

»Erzähl, ich brenne!«

»Beim Essen.«

»Hast du die Würste?«

»Oje, die habe ich vergessen.«

»Dann koche ich Spaghetti, und du erzählst.«

»Massimo, das ist kein Unterhaltungsprogramm. Die Geschichte ist himmeltraurig.«

»Genau das, was ich jetzt brauche. Mein Nachmittag war viel zu lustig.«

XIII

Widbert Schmähs Anruf machte ihnen einen Strich durch die Rechnung, bevor die Spaghetti im Wasser waren.

»Massimo, ich warte«, sagte er in singendem Klageton. »Ich warte schon lange. Ich mag es nicht zu warten. Wenn ich warte, trinke ich. Ich trinke auch, wenn ich nicht warte, aber das ist etwas anderes.«

»Entschuldige, ich bin gerade brandneuen Informationen auf der Spur«, sagte Capaul.

»Wie lange wird das dauern?«

»Ich mache so schnell wie möglich. Ich denke, in einer Stunde bin ich bei dir.«

Tiefer Seufzer. »Gut, so lange halte ich durch.«

Capaul legte auf und wandte sich an Meta. »Kannst du mir unterwegs erzählen? Ich habe eine Verabredung mit Widi vergessen. Er vertritt Peter vor Gericht und will von mir Informationen.«

»Gut, dann picknicken wir im Auto.«

Sie steckte Brot, Käse, ein Messer und eine Flasche Wasser in ihr Einkaufsnetz, dann gingen sie zum Parkplatz.

Sie nahmen Capauls Chrysler, weil er weniger rüttelte als der Jeep. Kaum fuhren sie, schnitt Meta massige Kanten Brot ab, schlitzte sie auf und schob dicke Stücke Käse hinein.

»Schieß schon los«, rief Capaul, »ich platze vor Neugier.«

»Na schön.« Sie biss in ihr Brot. »Im Winter hat der Schnee auf dem Dach von Karins Haus die Schindeln verschoben, und als es jetzt getaut hat, ist überall Schmelzwasser reingelaufen – Grund, endlich mal den Dachboden zu räumen. Dabei hat sie eine Schachtel mit Briefen gefunden. Briefe von Theophrast Troutsch an Karins Mutter Els und als unzustellbar markierte Briefe von Els an Troutsch. Seine Briefe stammten aus den Jahren '80 und '81, es waren Liebesbriefe. Klug, poetisch, versponnen, der Junge hatte es drauf. In einem Umschlag war auch ein Foto, das sie beide zeigte. Troutsch war damals ganz offensichtlich der Alain Delon der Südostschweiz, unübertrieben. Dichtes Haar, die strahlenden Augen, das Kinn noch etwas rundlich und doch markant. Auf dem Foto trägt er eine Art Kammgarnanzug mit loser Krawatte und geöffnetem oberstem Hemdknopf sowie sicherlich sehr teure geflochtene Lederschuhe. Els war aber auch ein Schnittchen. Sie hatte nicht ganz seine Klasse, dafür war sie eine Naturschönheit: makellose rosige Haut, glänzendes Haar, große, strahlende Augen, üppige Hüften.«

Meta machte eine Pause, um weiter zu essen, dabei sah sie versonnen die Straße hinab, den Gipfeln von Corvatsch und Muottas Muragl entgegen, die im Dämmerlicht wie durch ein mattes, angehauchtes Glas zu sehen waren. Dann trank sie in großen Schlucken die halbe Wasserflasche leer. »Soll ich weitererzählen?«

»Ja«, schrie er fast.

»Ende 1980 rissen seine Briefe ab, ihre wurden nicht

mehr zugestellt. Sie hatte ihm geschrieben, dass sie ihn liebe, dass sie ihn brauche, dann schrieb sie, dass sie schwanger sei. Mit der Zeit entwickelte sie eine Art Routine, alle zwei Wochen schickte sie ihm einen Brief, dazwischen versuchte sie, ihn zu finden, und berichtete ihm auch über diese Suche. Doch Theophrast Troutsch, den sie übrigens Phrasti nannte, blieb verschwunden.«

»Er war in Argentinien untergetaucht.«

»Aha. Im Mai '81 dann die große Kehrtwende, Els schrieb, dass sie von Peter schwanger sei und ihn heiraten würde. Phrasti hatte ja die anderen Briefe nicht erhalten und wusste also nicht, dass das Kind seines war.«

»Wie alt war Els da?«

»Bei der Geburt vierundzwanzig, Troutsch muss gut dreißig gewesen sein.«

»Peter muss auch Mitte zwanzig gewesen sein. Gibt es einen Hinweis darauf, ob er wusste, dass Karin ein Kuckuckskind ist?«

»Karin sagt, es wurde jedenfalls nie darüber geredet, sonst hätte sie es ja gewusst. Sie kann sich aber gut vorstellen, dass Peter es damals erfahren und später verdrängt hat. Jedenfalls bezeichnet sie ihn als ›ordentlichen‹ Vater. Blass, aber freundlich. Karins Kindheit war dann geprägt von harter Arbeit, Els und Peter rackerten sich beide von früh bis spät ab. Die Gespräche am Küchentisch drehten sich um Saatgut, Großviehrassen und angebliche Mauscheleien auf den Nachbarshöfen. Die Subventionszahlungen des Bundes waren permanenter Anlass zu Neid.«

»Das hat Karin dir alles erzählt?«

»Nein. Ich bin ja von hier und weiß, wie das abläuft.«

»Mir wäre lieber, du hältst dich an das, was sie gesagt hat.«

»Selber schuld. Dann eines Tages kam Phrasti wieder auf den Hof.«

»In welchem Jahr?«

»Karin meint, sie sei siebzehn oder achtzehn gewesen, also ums Jahr 1998. Jetzt war er nicht mehr Alain Delon, sondern der Indianer, wie wir ihn kennen. Karin hielt ihn für einen großen Philosophen. Er ging so auf die fünfzig zu, wirkte reif, geerdet. Er hat ihr ein Buch mit der Rede des Häuptlings Seattle geschenkt.«

»Wem, Els oder Karin?«

»Karin. Jetzt war sie sein Objekt der Begierde. Els scheint er kaum noch wahrgenommen zu haben. Karin hat an die Zeit nur diffuse Erinnerungen, weiß aber mit Sicherheit, dass Els mit vierzig Jahren schon reichlich verhärmt war. Die Üppigkeit war ebenso verschwunden wie ihr Strahlen. Karin schließt zudem nicht aus, dass Els dem Indianer gezielt aus dem Weg ging. Jedenfalls gab es keinerlei Anzeichen für eine Beziehung zwischen Els und Troutsch oder dafür, dass Karin mit ihrem ›harmlosen Flirt‹, wie sie es nennt, die Gefühle ihrer Mutter verletzt hätte. Allerdings brach damals bei Els die Depression aus. Über Wochen schaffte sie es nicht aus dem Bett, in anderen Phasen schloss sie sich im Zimmer ein und schlich nur nachts raus, um etwas zu essen. Trotzdem magerte sie immer mehr ab. Karin sagt, sie sah aus wie ein Bub, auch die schönen Haare hatte sie abgeschnitten. In diesen Phasen führte Peter den Hof allein, das heißt, Karin hat vor und nach der Schule geholfen, wo sie konnte. Eine glückliche Jugend sieht anders aus.«

»Moment, was heißt ›vor und nach der Schule‹?«, fragte Capaul. »Karin war doch schon über die Schulpflicht hinaus. Hat sie etwa das Gymnasium besucht?«

»Ja, hat sie, und sie muss auch gute Noten gehabt haben. Trotzdem hat sie die Schule dann geschmissen und als eine der Ersten die Bauernschule absolviert – nicht die Bäuerinnenschule mit Hauswirtschaft und Gartenpflege, sondern die Männerabteilung mit Viehwirtschaft und Ackerbau. Gleich nach dem Abschluss hat sie Pitsch geheiratet, und die Zwillinge kamen zur Welt.«

»Wie ging es mit Els weiter?«

»Karin sagt, über Jahre hinweg war sie neun Monate so gut wie gesund, fast normal belastbar, mit Ausrutschern. Aber jedes Jahr im Frühling sackte sie weg, tauchte ab, verschwand in ihrer ganz eigenen Welt. Ein paarmal wurde sie in der Klinik Beverin in Cazis stationär behandelt, außerdem bekam sie Pharmazeutika.«

»Und der Indianer?«

»Kam nun jedes Jahr, ebenfalls im Frühling. Auf dem Hof gab es auch nicht zu knapp Arbeit für ihn, denn laut Karin ist Peter ist nicht eben der begabteste Handwerker, und ihr Mann Pluto ist zwar gelernter Schreiner, aber um die teilweise fünfzig, sechzig Jahre alten Landwirtschaftsmaschinen immer wieder flottzumachen, bräuchte es einen Schlosser oder Mechaniker. Dazu kommt, dass Pluto von Anfang an nicht auf dem Hof mitgearbeitet hat, sondern auswärts Geld beschafft und so die Lücken gestopft. Angefangen hat er auf einer Werft für Segeljachten in St. Moritz, dann hat er sich zum Profitaucher ausbilden lassen.«

»Verstehe. Zurück zum Indianer.«

»Der kam manchmal über Wochen immer wieder vorbei und klempnerte was, dazwischen klapperte er andere Kunden ab und organisierte dabei Ersatzteile für Karins und Peters kaputte Maschinen.«

»Und Jahr für Jahr hat er mit Karin geflirtet?«

»Ich glaube, der konnte gar nicht anders.«

»Und Els hat ihm nie gesagt, dass Karin seine Tochter ist?«

»Offenbar nicht. Damit wäre womöglich ein ganzes Universum eingestürzt. Jetzt funktionierte immerhin alles, wenn auch auf labilem Niveau. Karin glaubt, dass ihre Mutter alles in sich reingefressen hat. Bis es eben nicht mehr ging.«

»Und sie die Überdosis genommen hat.«

Meta nickte. »Bist du satt? Ich mache mir noch eines.«

Währenddessen schwieg sie. Meta beherrschte die Kunst, nur eine Sache auf einmal zu machen. Capaul nutzte die Stille, um nachzudenken.

Irgendwann fragte er: »Und wann haben Karins Flirts mit dem Indianer aufgehört?«

Meta schob noch den Käse ins Brot und biss herzhaft ab, dann antwortete sie kauend: »Das habe ich so konkret nicht gefragt. Mein Gefühl sagt mir: gar nicht. Deshalb ist sie so wütend. Als Els sich umgebracht hat, bildete Karin sich ein, es sei wegen Peter. Die ganze Depression sei wegen Peter, weil da nie Leidenschaft gewesen war, nichts Irrationales, nur eine Zweckgemeinschaft. Peter ist natürlich auch ein dankbarer Sündenbock, er wehrt sich nicht. Dazu kam dann noch, dass er in dieser allgemeinen Goldgräberstimmung um die Engadiner Olympiakandidatur den Hof versetzt hat, um mit dem Geld auf Immobiliengewinne zu spekulieren, und wie du sicher weißt, wurde die Olympiakandidatur gekippt, die Immobilienblase platzte, und der Hof war futsch. Kurz, Peter war für Karin in den letzten Jahren zur ganz großen Niete mutiert. Bis sie diese Briefe las und begriff, dass der Indianer ihrer Mutter gleich zweimal das Herz gebrochen hatte.«

Capaul nickte. »Und Peter sieht zu und hält alles schweigend aus. Mehr noch, er wischt schweigend die Scherben auf.«

»Wobei offen ist, was er überhaupt begriffen hat.«

»Also noch mal zurück«, bat Capaul. »Karin findet vorletzte Woche diese Briefe.«

»Und die Waffe, die vermutlich ihrem Großvater gehört hat.«

»Wem zeigt sie die Sachen?«

»Als Erstes den Zwillingen. Die waren gerade zu Hause, und Karin war völlig außer sich, nachdem sie die Briefe gelesen hatte. Die Erkenntnis, dass Troutsch ihr Vater ist, war so monströs, dass sie nicht anders konnte, als darüber zu reden. Dazu kam, dass die Zwillinge, ganz besonders Trix, sehr unter dem Selbstmord ihrer Großmutter gelitten hatten.«

»Peter war nicht dabei?«

Meta dachte nach. »Sie hat ihn nicht erwähnt, aber er muss dabei gewesen sein, denn Karin hat gesagt, dass diese Briefe sie alle zusammengeschweißt haben und dass Peter danach eine ganz andere Position in der Familie innehatte. Weil sie jetzt wussten, was er all die Jahre ausgehalten hatte.«

»Idiotischerweise, möchte man sagen. Mit etwas Mut hätte er den Indianer zur Rede gestellt.«

»Hat er ja offenbar. So wurde er zum Mörder.«

»Früher, meine ich natürlich.«

»Vielleicht hat er ja auch erst aus den Briefen erfahren, dass es Troutsch war, der Els das Herz gebrochen hatte.«

Capaul nickte nachdenklich. »Für seine Verteidigung ist es so sicher besser. Jahrelang tappte er im Dunkeln, und als alles rauskam, ist er durchgedreht.«

Meta schüttelte den Kopf. »Zwischen dem Brief und dem Mord liegen zwei volle Wochen.«

»Oje, richtig. Dann sieht es schon wieder nach Vorsatz aus.«

»Aber dieses Problem müssen nicht wir lösen, sondern Widbert«, stellte Meta klar. »So weit meine Erkenntnisse. Und wie mache ich mich als Kommissarin?«

»Toll. Hättest du nur nicht die Würste vergessen.«

Widbert empfing sie in seiner Kanzlei. Nachdem Massimo ihm »eine Kanone« angekündigt hatte, erzählte Meta in gekürzter Form dasselbe nochmals, und Massimo ergänzte um die Sache mit den sechs Zehen.

Dann waren sie fertig, und Widi fragte: »Ist das alles? Und wo bleibt die Kanone?«

»Na, die Kanone ist natürlich, dass Karin nicht Peters Tochter ist, sondern die des Indianers«, rief Massimo eifrig. »Was ich ja schon früher vermutet hatte, aber jetzt haben wir es schriftlich.«

»Ja, und?«

»Na, das gibt Peter ein klares Motiv! Und so kommt er bestimmt auch glimpflich davon.«

»Warum sollte er das? Andere Männer werden auch gehörnt und legen deshalb keinen um.«

»Deren Ehefrauen haben sich auch nicht aus Verzweiflung umgebracht.«

Widi zuckte mit den Schultern. »Wer weiß? Wenn sie sowieso depressiv waren, vielleicht schon. Ein glimpfliches Urteil wäre Totschlag, doch Totschlag fordert ein entschuldbares Motiv.«

»Eben!«

»Ein entschuldbares, Massimo, nicht ein psychologisch erklärbares. Das ist ein Unterschied. So, wie ihr den Fall geschildert habt, ist es vorsätzliche Tötung, Strafmaß fünf bis zehn Jahre. Am liebsten hätte ich auf Beihilfe zum Selbstmord plädiert, Sterbehilfe, da wäre er vermutlich straffrei ausgegangen. Aber gemäß der Obduktion war Troutsch kerngesund. Jetzt wird mir nichts anderes übrig bleiben, als auf ›unschuldig‹ zu plädieren.«

»Unschuldig?«, wiederholte Massimo. »Aber er hat doch gestanden.«

»Ja, um seine Tochter zu schützen.«

»Du glaubst also, dass sie es war?«

»Ich glaube gar nichts. Meine Aufgabe ist es, Peter bestmöglich beizustehen. Gelingt es mir, berechtigte Zweifel an seiner Schuld zu säen, darf er nicht verurteilt werden. Allenfalls wegen Falschaussage und Irreführung des Gerichts.«

»Dafür wandert dann Karin hinter Gitter«, folgerte Meta.

»Wenn sie einen guten Anwalt hat, nicht unbedingt. Man könnte auf sexuelle Nötigung plädieren oder behaupten, Troutsch sei einer gemeinsamen sexuellen Fantasie erlegen, so was läuft unter Unfall. Bei seinem Ruf würde das keinen wundern.«

»Einer sexuellen Fantasie zwischen Vater und Tochter?«, sagte Massimo entsetzt.

»Dass sie Vater und Tochter sind, braucht ja keiner zu wissen. Bisher liegen diese Briefe dem Gericht nicht vor. Und ohne Gentest sind sie auch wertlos. Wer weiß, was diese Els in ihrem Wahn alles zusammenfantasiert hat?«

Meta wurde wütend. »Sie war nicht wahnsinnig, nur depressiv!«

»Bitte nicht gleich schreien. Ich weiß das, aber einem guten Anwalt würde es gelingen, Beispiele herbeizuziehen, in denen Depression und Wahnvorstellung Hand in Hand gehen. Wie gesagt, um Karin freizukriegen, reicht es aus, vernünftige Zweifel an ihrer Schuld zu säen. Unser Rechtssystem ist ausgesprochen delinquentenfreundlich.«

Massimo war bleich geworden. »Das ist so was von dreckig! Und du bleibst dabei, Widi, dass du Peter auf die Art verteidigen willst?«

Widi schüttelte den Kopf. »Das ist nur der Status quo meiner Überlegungen. Aber du bist undankbar, mein Sohn. Schließlich hattest du mich gebeten, ihn zu verteidigen.«

»Ja, und ich bereue es! Lass mich noch mal nachfragen: Falls es mir gelingt, unumstößliche Beweise für Peters Schuld zu finden, lässt du Karin aus dem Spiel?«

»Warum liegt dir eigentlich so viel daran? Aus romantischen Gründen?«

Meta antwortete für Capaul. »Karin ist Mutter, sie hat zwei halbwüchsige Kinder. Für die beiden versucht sie einen Hof zu retten, den Peter in die Miesen getrieben hat. Und überhaupt ist sie eine tolle und tapfere junge Frau.«

Widi nickte. »Verstehe. Ihr seid der Ansicht, lieber geht eine tolle und tapfere junge Mörderin straffrei aus, als dass ein unbescholtener, nur leider unsympathischer, unterwürfiger, langweiliger Rentner fälschlicherweise ins Gefängnis wandert.«

»Du verdrehst unsere Worte«, fuhr Massimo ihn an. »Du behauptest, es sei ein Entweder-oder, dabei hättest du bestimmt tausend Möglichkeiten, Peter aus der Patsche zu helfen. Karin anzuschwärzen ist vielleicht die einfachste Variante, aber überhaupt nicht zwingend.«

Auf Widis Gesicht trat ein sanftes Leuchten. »Du argumentierst schon fast wie ein Anwalt, Massimo. Noch ein schlechter, aber ein Anwalt. Ich bin stolz auf dich. Nur sehe ich leider diese tausend Möglichkeiten nicht, von denen du sprichst. Unser großes Problem ist, dass Peter bereits gestanden hat, und er macht auch keine Anstalten, sein Geständnis zu widerrufen. Um ihn rauszupauken, muss ich ihn daher als unglaubwürdig darstellen. Das tut man seinem Mandanten nur ungern an. Für seine Unglaubwürdigkeit wollte ich ihm immerhin das hehrste Motiv unterstellen, dass er nämlich durch sein Opfer jemanden schützen will. Aber natürlich geht es auch anders. Du hast mir da gerade einen Floh ins Ohr gesetzt, Massimo. Ich werde ihn für unzurechnungsfähig erklären lassen. Mit etwas Glück führt das nicht nur zu seiner Entlassung, sondern auch dazu, dass dieser unselige Olympiadeal für ungültig erklärt wird. Dazu müssen wir beweisen, dass er bei der Vertragsunterzeichnung schon nicht mehr richtig getickt hat. Nun, wie stellen wir das an? Seine Familie muss ihn massiv beschuldigen. Vielleicht hat er mal Karin oder die Kinder körperlich angegriffen, oder er hat ein Tier grausam umgebracht? Sonst helfen auch Unfälle, vor allem solche mit Personenschaden: Man kann leicht behaupten, es sei Absicht gewesen. Der Mörder von Walde zum Beispiel, der erst auf einen Bekannten geschossen, dann die zweiundachtzigjährige Partnerin seines Vaters mit einem Vorschlaghammer erschlagen und ihn selber damit schwer verletzt hat, kam straffrei davon. Er hatte auf Unzurechnungsfähigkeit infolge von Schizophrenie plädiert. Schön, danach sitzt man für ein paar Jahre in der Klinik, dort ist es aber weitaus angenehmer als im Knast. Und wie gesagt, für die Familie könnte es sich sogar finanziell lohnen.«

»Das ist so was von zynisch«, rief Meta.

»Peter ist völlig normal«, versicherte Capaul. »Ein normaler, bescheidener und gutherziger Mensch.«

»Tja.« Widi zwirbelte sein Dalí-Bärtchen.

XIV

Schweigend fuhren Capaul und Meta ins Unterengadin zurück. Capaul fühlte sich wie zerschlagen.

Meta drehte irgendwann das Radio an, es lief eine Sendung über Frauen in der Philosophie. »Ich bin in der Tat heute der Meinung«, wurde gerade Hannah Arendt zitiert, »dass das Böse immer nur extrem ist, aber niemals radikal, es hat keine Tiefe, auch keine Dämonie. Es kann die ganze Welt verwüsten, gerade weil es wie ein Pilz an der Oberfläche weiterwuchert. Tief aber und radikal ist immer nur das Gute.«

»Mir ist schlecht, fahr mal rechts ran«, bat Meta, stellte das Radio ab und stieg aus. Dann übergab sie sich.

Auch der nächste Morgen verlief schweigsam. Als Capaul aufstand, war Meta schon in der Küche, womöglich hatte sie überhaupt nicht geschlafen. Capaul trank ein Glas Wasser, dann ging er in den Garten und widmete sich wieder den Fensterläden. Den Spaziergang ließ er aus. Meta trug zwei Teller mit Spiegelei auf Brot hinaus, setzte sich auf die Bank und sah Capaul so lange zu, bis er die Bürste weglegte und sich neben sie setzte.

Die Sonne war noch nicht aufgegangen, er spürte die Kälte, die seinen Körper umschloss wie in einem zugefrorenen See das Eis den Fisch, aber sonderbarerweise fröstelte er nicht, sondern fühlte sich, als wäre er auch bereits zu Eis geworden.

Meta und er mochten beide nicht viel essen, und nach ein paar Minuten stellte er den Teller auf die Bank, um sich wieder an die Arbeit zu machen. Doch da heulte unten auf der Straße für eine Sekunde eine Polizeisirene auf, ein Auto parkte und Jon Luca stieg das Treppchen zum Garten empor.

»Hier«, sagte er und reichte Capaul eine Schleifmaschine, sauber verpackt im Originalkarton. »Außerdem soll ich deine Dienstwaffe einkassieren.«

»Danke.«

Capaul ging ins Haus, schob den Einsatzgurt mit der halbautomatischen Glock 19, Handschellen, Taschenlampe und Funkgerät in die Einsatztasche und brachte sie ihm. »Kriege ich eine Quittung?«

»Klar, die schicken wir dir zu.«

»Nein, gern jetzt. Handschriftlich.«

Jon Luca zückte grinsend das schwarze Büchlein und kritzelte etwas hinein, dabei fragte er Meta: »Was ist los? Hat er sein Vertrauen in die Menschheit verloren?«

Metas Antwort blieb aus, weil sich gleichzeitig Linard über Funk meldete. Capaul hörte etwas von »lebloser Körper« und »Bever«, dann kehrte Jon Luca zum Auto zurück, erst nur in zügigem Gehschritt, dann begann er zu rennen.

Capaul trug ihm die Tasche nach. »Was ist in Bever?«, wollte er wissen.

»Sorry, Capaul«, sagte Jon Luca, »aber du bist nicht mehr Teil des Teams.« Er riss noch die Seite aus dem

Büchlein und gab sie ihm, danach warf er die Tasche auf den Beifahrersitz und fuhr davon.

Capaul rannte ins Haus, um den Autoschlüssel zu holen.

»Was ist in Bever?«, rief Meta ihm nach.

»Werden wir gleich sehen, steig ein.«

Als sie Karins Hof erreichten, schoben die Sanitäter gerade eine Bahre mit einem verhüllten Körper in den Krankenwagen. Zwei Polizeiautos standen auf dem Vorplatz, beim einen rotierte noch das Blaulicht. Die Feuerwehr fuhr gerade wieder ab.

Die Hündin im Zwinger kläffte und jaulte so durchdringend, dass Barbla brüllen musste, als sie auf Capaul und Meta zukam.

»Weiß jemand von euch, wie man den verdammten Köter zum Schweigen bringt? Er raubt uns den letzten Nerv.«

»Gleich«, sagte Meta. »Was ist passiert?«

»Ihr wisst doch, dass ich nichts sagen darf.«

Die Hündin sprang inzwischen wie irre im Zwinger umher, knallte scheinbar unkontrolliert gegen das Gitter und drohte sich zu verletzen. Meta rannte zu ihr, redete mit ihr, kauerte nieder, streichelte sie durchs Gitter. Dann betrat sie den Zwinger. Sofort legte Dunja sich winselnd auf ihre Füße und rieb sich an ihr.

Barbla seufzte auf, und Capaul sagte: »Wenn es Karin ist, war Meta womöglich die Letzte, die mit ihr geredet hat. Eine Hand wäscht die andere.«

»Meinetwegen. Ja, es ist Karin.«

»War es Mord?«

»Bisher deutet nichts darauf hin. Sie hing an einem Kälberstrick. Am Treppengeländer. Davor hat sie ihrem Mann noch eine SMS geschrieben und sich entschuldigt.«

»Die SMS kann jeder geschrieben haben.«

»Logisch. Trotzdem deutet alles auf Selbstmord, das Szenario, die Spuren, der Kontext.«

»Was hat sie ihrem Mann genau geschrieben? Gibt es ein Schuldgeständnis?«

Barbla sah ihn nachdenklich an. »Du meinst, sie hat den Indianer erschossen?«

»Warum sonst sollte sie sich umbringen?«

Barbla zuckte mit den Achseln. »Vielleicht ist ihr auch einfach alles über den Kopf gewachsen. Es ist ein offenes Geheimnis, dass der Hof total überschuldet ist. Und seit Peter sitzt … Allein ist diese Arbeit nicht zu schaffen. Jedenfalls nein, bisher haben wir nichts entdeckt, was wie ein Schuldbekenntnis aussieht.«

Capaul wollte fragen, ob sie die Briefe von Karins Mutter und dem Indianer schon gefunden hatten, doch irgendetwas hinderte ihn daran. Auch als Meta sich wieder zu ihnen gesellte – in Begleitung von Dunja, die neben ihr herlief, als wäre Meta ihr Frauchen –, sagte er vor Barbla nur: »Karin hat sich umgebracht. Hätten wir das vorhersehen können?«

Metas Augen wurden feucht. Sie dachte nach, dann schüttelte sie den Kopf. »Was weiß man schon darüber, was in einem Menschen vorgeht. Nein, ich glaube nicht, dass so was zu ahnen war. Sie hatte zwar viel verloren, aber ihr Leben war trotzdem reich, sie hatte ihren Mann, ihre Kinder, den Hund. Hart war vielleicht, dass alle über die Depression ihrer Mutter geredet haben, aber niemand sie je danach gefragt hat, wie es ihr selber ging.«

Barbla stutzte. »Glaubst du, sie war auch depressiv?«

Meta dachte nochmals nach. »Nein, nicht wirklich. Hat sie ein Geständnis hinterlassen?«

Capaul fragte: »Denkst du auch, sie hat Troutsch erschossen?«

Sie nickte. »Ja, und zuerst dachte sie, sie kann damit leben, dass Peter sich opfert, für sie, für die Familie. Aber dann ist ihr bewusst geworden, wie viel er all die Jahre über auf sich genommen hat, und sie hat sich entschieden, zu ihrer Tat zu stehen. Bestimmt taucht das Geständnis noch irgendwo auf.«

»Was hat er denn auf sich genommen?«, fragte Barbla.

Doch auch Meta zeigte eine sonderbare Scheu, alles preiszugeben. »Die Depression von Karins Mutter hat natürlich ein Loch gerissen«, sagte sie ausweichend. »Ein Mensch mit einer Depression neben dir ist wie ein schwarzes Loch. Es ist nicht nur, dass er als Arbeitskraft ausfällt und keine Gefühle mehr für dich hat, er saugt unendlich viel Energie. Ich kenne das sehr gut. Dass auch Karins Familie über so viele Jahre damit belastet war, habe ich erst gestern erfahren. Für Peter muss es besonders hart gewesen sein, aber er hat nie darüber geklagt, sondern einfach versucht, für die anderen die Lücke zu füllen. Aber jetzt sag mir, was ich mit dem Hund machen soll.«

Barbla sagte ehrlich: »Ich habe keine Ahnung. Die Kinder sind informiert und auf dem Weg hierher, Karins Mann ebenso. Er war es übrigens, der uns alarmiert hat, nachdem diese SMS kam. Vielleicht kannst du den Hund so lange hüten?«

»Es ist eine Sie«, stellte Meta klar. »Gut, dann gehe ich mit Dunja spazieren, sie muss sich dringend austoben.«

Capaul sah ihr nach und wunderte sich, wie elegant sie sich mit dem Hund bewegte, als neben ihm ein Auto hielt. Gisler und der Staatsanwalt stiegen aus.

Während Barbla ins Haus zurückkehrte, rief Gisler mit einer Mischung aus Hochachtung und Überdruss: »Massimo, das hätte ich mir ja denken können.« Gleich darauf sagte er zum Staatsanwalt: »Wir hätten ihn ja gern in unseren Reihen behalten, aber Widbert Schmäh hat ihn rausgepaukt.«

»Bin im Bilde«, erklärte der Staatsanwalt und errötete leicht.

»Kommt jetzt die Kripo Chur zurück?«, erkundigte sich Capaul. »Gestern war sie noch so stolz auf ihren Erfolg.«

Gisler wiegte den Kopf. »So kann der Mensch sich täuschen.«

Capaul hakte nach. »Dann geht ihr jetzt davon aus, dass Karins Selbstmord ein Schuldgeständnis war?«

»Jedenfalls ist das die plausibelste Erklärung«, sagte Gisler.

»Und Peter kommt wieder frei?«

Dazu äußerte sich nun auch der Staatsanwalt. »Wir konnten ihn noch nicht verhören. Ich bin gespannt, was er zur neuesten Entwicklung sagt und ob er sein Geständnis jetzt widerruft. Außerdem warten wir selbstredend ab, bis alle Spuren ausgewertet sind. Aber es ist durchaus denkbar, dass ich danach keinen hinreichenden Grund mehr sehe, ihn festzuhalten.«

Barbla erschien wieder in der Tür: »Massimo, im Wassermann haben wir das ganze Rußpulver aufgebraucht, und ich habe versäumt, es aufzufüllen. Könntest du mir nicht in Zernez eine Dose holen? Sie steht im Schrank mit der Aufschrift Forensik, nicht zu übersehen.«

»Samedan ist näher.«

»Das stimmt, aber ich dachte, du gabelst am Bahnhof gleich noch Karins Kinder auf und bringst sie her. Der Bus des Mädchens aus der Val Müstair kommt kurz nach halb an, der Junge sitzt im Zug aus Sagliains neun Uhr null fünf.«

»Aber immer«, sagte Capaul.

Er war froh, beschäftigt zu sein, und vor allem brannte er darauf, die Zwillinge kennenzulernen. So sehr, dass er sich nicht überwinden konnte, zuerst das Rußpulver zu holen, sondern direkt zum Bahnhof fuhr.

Er kam gleichzeitig mit dem Bus an. Trix war der einzige Gast, der ausstieg. Sie hatte die Haare signalrot gefärbt und trug eine dunkle Sonnenbrille. Ihre Haut wirkte daneben fast unwirklich blass. Mit einer flüchtigen Geste grüßte sie den Fahrer, danach ging sie ums Stationshäuschen herum und setzte sich auf eine Bank. Sie hatte keinerlei Gepäck, nicht einmal eine Handtasche oder einen Rucksack, und trug nur eine dünne rote Strickjacke, in der sie zu frösteln schien.

Capaul ging ihr nach und wartete, bis sie sich gesetzt hatte. Dann sagte er: »Guten Tag, Sie müssen Trix sein. Ich bin hier, um Sie und Ihren Bruder abzuholen. Die

Polizei schickt mich.« Er konnte nicht erkennen, ob sie ihn ansah. Jedenfalls zeigte sie keine Regung. »Ich war bis gestern selber Polizist«, fuhr er fort. »Und ich kannte Ihre Mutter. Auch Ihren Großvater kenne ich gut.«

»Welchen?«, fragte sie, gleich darauf musste sie niesen und wischte die Nase im Ärmel ab.

»Ach so, natürlich. Ich dachte an Peter.«

»Wo ist meine Mutter jetzt?«

»Ihre Leiche wurde vorhin abtransportiert, wahrscheinlich ist sie auf dem Weg nach Chur, zur Obduktion.«

»Heißt das, sie schneiden sie auf?«

»Jedenfalls wird dort die genaue Todesursache festgestellt.«

Inzwischen hatte die frühe Morgensonne das eine Ende der Bank erreicht, und Trix rutschte, um im Schatten zu bleiben.

»Es tut mir alles sehr leid«, sagte Capaul.

Darauf reagierte sie wieder nicht. Stattdessen befreite sie das Handy aus der eng aufgenähten Tasche ihres Jäckchens und tippte eine Nummer.

»Steig in Zernez aus«, sagte sie ins Mikrofon, »wir haben einen Lift.«

Dann zwang sie das Handy umständlich wieder ins Täschlein. Die Sonne bestrich jetzt fast die ganze Bank, und Trix stand auf, um zum überdachten Bahngleis zu gehen. Dort zog es heftig. Sie verschränkte die Arme, schob die Schultern hoch und nieste wieder.

»Sie können sich auch schon ins Auto setzen«, bot Capaul an und deutete auf den Chrysler, den er vor der Laderampe geparkt hatte.

Trix folgte seinem Wink und ließ eine Art Schnauben hören. »Als Polyp macht man wohl gut Kohle?«

»Ich habe ihn geerbt. Neben einem Haufen Schulden.«

Vermutlich sagte sie darauf so etwas wie »kenne ich«, was aber im Lärm des einfahrenden Zugs unterging. Nachdem er kreischend gehalten hatte, stieg ein Junge in Bomberjacke, weiten, ausgelatschten Boots und einer ausgebeulten Ledertasche aus. Er trug eine Spiegelbrille und hatte schwarz gefärbtes Haar, das ihm wie ein Wischmopp vom Kopf abstand. Auch er war geisterhaft blass.

»Verdammte Birken«, sagte Trix zur Begrüßung und schniefte, worauf Maurus eine Schachtel Cetallerg aus der Brusttasche zog und ihr eine Tablette aus dem Film drückte. Sie ging damit zum Brunnen, um sie hinunterzuspülen.

Währenddessen stellte Capaul sich vor, dann fragte Maurus: »Sind Sie hier, um uns zu verhaften?«

Capaul lachte. »Um Himmels willen, nein. Wie gesagt, bin ich gar nicht mehr bei der Polizei. Wir verhaften auch nicht jeden. Die, meine ich.«

»Gut, jemand muss sich nämlich um den Hof kümmern. Kommt Peter jetzt wieder nach Hause?«

»Ich denke schon. Der Staatsanwalt hat jedenfalls so was angedeutet.«

»Edi ist auch unterwegs«, schaltete Trix sich ein. »Hat er dich inzwischen erreicht?«

»Ja, aber nur für ein paar Sekunden, dann war ich im Tunnel.«

»Wer ist Edi?«, erkundigte sich Capaul.

»Karin hat ihn Pluto genannt«, half Maurus ihm auf die Sprünge.

»Ach, euer Vater?«

»Der nützt im Stall allerdings gar nichts«, schob wieder Trix ein. »Außerdem kann er nur ganz kurz bleiben, hat er gesagt, weil sonst womöglich der Damm ganz bricht und ein paar Tausend Leute ersaufen.«

»Wenn er das sagt, wird es auch stimmen«, antwortete Maurus, dann fragte er: »Also was ist, fahren wir?«

Capaul ging zum Auto, öffnete die Beifahrertür und klappte den Sitz vor, so lange warteten die Zwillinge im Schatten. Dann huschten sie mit eingezogenem Kopf über den jetzt hell besonnten Platz und schoben sich auf die Rückbank.

Trix hatte wohl Capauls verwunderten Blick bemerkt.

»Sonnenallergie«, erklärte sie, während er sich ans Steuer setzte. »Die Allergien sind noch lange nicht alles. Wir sind minderwertiges Material.«

Capaul reizte es, nach den Füßen zu fragen, doch er schwieg. Ab und zu betrachtete er sie im Rückspiegel, beide sahen unbewegt geradeaus.

Unvermittelt sagte Trix: »Arme Dunja.«

»Scheißköter«, antwortete Maurus.

Capaul gestand: »Ich werde auch nicht warm mit ihr, oder besser, sie mit mir. Sie rastet fast aus, wenn ich auf den Hof komme.«

Trix sagte: »Das ist nichts Persönliches, sie kläfft alle Männer so an.«

»Scheißlesbe«, sagte Maurus.

XV

Sie erreichten Bever. Maurus zog eine sandfarbene Wüstenmütze über den Haarwusch, Trix friemelte eine dünne weiße Baumwollkapuze unter dem Wolljäckchen hervor und zerrte daran, bis sie wie eine Schirmkappe über Brille und Nase ragte.

Capaul parkte zwischen den beiden Kastenwagen der Polizei und klappte den Fahrersitz vor, damit sie aussteigen konnten. Im Stall brüllten die Kühe. Als Capaul Trix aus dem Auto geholfen hatte, war Maurus auf der anderen Wagenseite bereits ausgestiegen und unterwegs in den Stall. Die Tasche hatte er nach ein paar Metern einfach fallen lassen.

»Sie müssen dringend gemelkt und gefüttert werden«, sagte Trix. »Kann ich auch gehen?«

Capaul nickte. »Ich denke schon. Ich gebe Bescheid, dass ihr da seid.«

»Wo ist Dunja?«, fragte sie noch.

»Eine Bekannte von mir hat sie auf einen Spaziergang mitgenommen.«

Sie zeigte darauf keine Reaktion, sondern rannte Maurus hinterher, und Capaul betrat das Haus. Weit kam er nicht, gleich vorn im Sulèr waren die roten Absperrbänder mit der Aufschrift »Spurensicherung« gespannt.

»Wo ist Barbla?«, rief er.

Nach einer Weile kam von irgendwo oben Romans vermummte Stimme zurück: »Im Auto. Hast du das Pulver?«

»Mist, vergessen. Ich gehe gleich noch mal los.«

Er ging wieder hinaus und klopfte an die Seitentür des Kastenwagens aus Zernez. »Barbla, die Kinder sind hier. Aber ich muss noch mal los, ich habe das Pulver vergessen.«

Sie schob die Seitentür auf. »Lass, ich muss sowieso aufs Revier. Wo sind sie?«

»Sofort im Stall verschwunden. Trix behauptet, sie haben Sonnenallergie. Und Pollenallergien auch.«

»Damit ist nicht zu spaßen. Ich kenne einige Bauern, die an ihren Allergien fast krepieren. Aber ich muss jetzt los, Frauendinge.«

»Soll ich dich fahren?«

»Nein, doch, ich bin Roman einfach davongelaufen, vielleicht gehst du ihm so lange zur Hand.«

»Ich darf doch nicht mehr.«

»Ach ja. Salü.«

Sie stieg ein, zündete den Motor und wendete so energisch, dass der Splitt gegen die Blechwand von Peters Provisorium prasselte.

Capaul sah Meta, die mit Dunja vom Feld kam und den Stall ansteuerte. Als er kurz nach ihr eintrat, sprang Dunja gerade an Trix hoch und versuchte, ihr das Gesicht zu lecken. Dann entdeckte Dunja Capaul, presste sich schutzsuchend an Meta und knurrte ihn an.

Trix legte den Kopf schräg. »Sieht ganz danach aus, als hätte sie schon ein neues Frauchen gefunden.«

Meta nickte. »Ich gestehe, wir sind ineinander verliebt. Ich kümmere mich deshalb auch sehr gern noch länger um sie.« Dann wandte sie sich an Capaul: »Wie geht es denn jetzt hier wohl weiter?«

»Ich habe nicht die leiseste Ahnung. Allein wird Peter den Hof kaum führen können. Wenn er denn einmal entlassen wird.«

Maurus hatte offensichtlich bis eben die Kühe gefüttert. Auf die Heugabel gestützt, erklärte er: »Ich lasse natürlich die Schule sausen. Den Abschluss kann ich irgendwann nachholen.«

»Ich brauche auch kein Papier«, sagte Trix. »Weberinnen sucht sowieso keiner, und wenn, dann ist der Abschluss Nebensache. Maurus und ich zusammen, wir packen das. Falls Peter mit anfasst, kann ich sogar noch nebenbei weben.«

»Ich habe einen alten Webstuhl im Stall«, fiel Meta ein. »Noch von meiner Nonna. Wenn er brauchbar ist, kannst du ihn gerne haben.«

»Ich kann ihn ja gegen Dunja eintauschen.« Trix ließ nicht erkennen, ob es sich um einen Scherz handelte.

Meta lachte trotzdem. »Um Massimo zu ärgern?« Sie warf ihm einen schelmischen Blick zu.

Capaul sagte nichts, doch tatsächlich ertappte er sich bei dem Gedanken, dass Meta mit einem Hund offensichtlich mehr anfangen konnte als mit ihm.

Dann rief Widbert an.

»Capaul, wir müssen reden.«

»Ja, das ist eine gute Idee. Wo treffen wir uns? Ich bin gerade in Bever.«

»Komm zum Flughafen, wir gehen spazieren.«

»Das war Peters Anwalt«, sagte Capaul zu den Zwillingen, nachdem er aufgelegt hatte. »Er kann uns bestimmt helfen, dass alles einigermaßen reibungslos abläuft. Wann kommt euer Vater denn an?«

»Irgendwann mittags«, antwortete Trix. »Warum fragen Sie?«

»Nun, er will an der Familienplanung sicher teilhaben.«

»Kaum«, sagten Maurus und Trix wie aus einem Mund.

Trix fuhr fort: »Er hat sich schon lange aus der Familie verabschiedet. Wir waren ihm alle zu crazy.«

»Seid ihr das denn?«, fragte Meta.

Maurus nickte: »Mehr als crazy. Wir sind krank. Hätte ich die Wahl, würde ich auch einen Bogen um mich machen.«

Capaul staunte. »Der Indianer hat etwas ganz Ähnliches zu Bernhild gesagt: ›Einem Club, der mich als Mitglied aufnimmt, trete ich gar nicht erst bei.‹«

»Ja, typisch«, sagte Trix.

Und Maurus: »Man entkommt sich nicht.«

»Der Spruch ist übrigens von Groucho Marx geklaut«, bemerkte Meta.

Dann joggte Capaul zum Auto und fuhr nach Samedan.

Dort wartete Widi schon, lässig an die Kühlerhaube seines bronzefarbenen Jaguar Arden AJ 4 gelehnt. Er trug Jägerjoppe, einen Seidenschal von Burberry, darüber eine Schirmmütze aus kornfarbenem Cordsamt, und duftete nach Eau de Cologne.

Capaul musterte ihn bewundernd. »Hast du ein Date?«

»Ja, mit dem Prinzen von Wales«, antwortete Widi, stemmte sich vom Kotfügel ab und schlug den Weg in Richtung Moor ein. »Eine halbe Stunde habe ich noch. Hör zu, ich habe mit Peter gesprochen.«

»Und?«

»Nein, ich muss anders anfangen. Vor allem habe ich mit Marx telefoniert. Die Leiche von Karin Pitsch zeigt keinerlei Spuren von Fremdeinwirkung. Mit neunundneunzig Prozent Gewähr tippt er auf Suizid.«

»Wie kann er das jetzt bereits wissen? Die Leiche wurde doch erst vor ein paar Stunden abtransportiert.«

»Von Samedan aus wurde sie geflogen. Außerdem hat Marx ein untrügliches Näschen, er riecht sofort, wenn etwas faul ist. Egal, mit Lappalien sollten wir uns nicht aufhalten. Schließlich haben wir ein handfestes Problem zu lösen. Wenn Karin Pitsch als Mörderin von Theophrast Troutsch ebenso wegfällt wie Peter Oswald, wer war es dann?«

»Moment, wer fällt weg?«, rief Capaul. »Das geht mir alles zu schnell.«

Pikiert rückte Widi von ihm ab. »Ich hatte schon befürchtet, dass du laut wirst. Deshalb wollte ich dich diesmal auch lieber hier draußen treffen.«

Capaul gab sich Mühe, seine Stimme zu zügeln. »Wieso fällt Karin weg?«

»Weil es kein Geständnis gibt. Ich bringe mich nicht ohne Geständnis um, während ein Familienmitglied unschuldig in Untersuchungshaft sitzt.«

»Vielleicht gibt es ja eines, und es wurde nur noch

nicht gefunden«, wand Capaul sich. Bei dem Gedanken daran, dass der Fall wieder völlig offen sein könnte, drehte sich ihm der Magen um.

Widi sah ihn mit einer Mischung aus Erbarmen und Gereiztheit an. »Und schon gar nicht schreibt man seinem angetrauten Göttergatten eine SMS mit den laschen Worten: ›Bitte verzeih mir alles.‹«

»Und warum nicht?«, fragte er verständnislos.

»Weil es, lieber Massimo, jeden Mörder zum Geständnis drängt. Er schreibt mindestens so was wie: ›Schatz, ich habe den und den ermordet und kann damit nicht leben.‹ Meist führt derjenige noch lang und breit aus, wie er es getan habe und wieso es nicht anders gegangen sei. Er schreibt nicht lapidar: ›Verzeih.‹ Zweites Argument gegen Karin Pitsch als Täterin, aber mindestens so triftig: Sie hat nichts von den sechs Zehen des Indianers gewusst. Aber wer immer Troutsch erschossen hat, hat ihn nackt gesehen. Splitterfasernackt. Und diese doppelten großen Zehen sind weiß Gott ein Blickfang erster Güte! Drittes Argument: Wieso sollte Karin Pitsch sich in kalter Nacht extra von Bever nach Samedan in den Wassermann bemühen, wenn der Indianer fast täglich auf ihrem Hof ein und aus geht und sie dort sturmfreie Bude haben? Denn Peter sitzt ja dauernd bei Bernhild in der Wirtsstube, der Mann ist auf der Stör, die Kinder machen eine Fernausbildung.«

Widi setzte den Flachmann an, dann reichte er ihn weiter.

Capaul trank und grübelte. »Wieso genau fällt Peter als Täter weg?«, fragte er schließlich.

Widi äffte ihn nach. »›Wieso genau fällt Peter als Täter

weg?‹ Er fällt weg, weil ich eben keine Lust habe, einen Totschläger zu verteidigen! Dazu kommt: Wieso hätte Karin Pitsch sich dann noch umbringen sollen? Das ergibt schlicht keinen Sinn.«

Capaul nickte. »Das leuchtet alles ein. Nur wer war es dann?«

»Um das zu eruieren, lieber Massimo, habe ich dich hergebeten. Ich höre.«

»Was weiß ich!«

»Wissen resultiert aus Nachdenken. Denk nach.«

Capaul bemühte sich. »Nach dem Motiv zu forschen, können wir uns sparen, das hat die Kripo schon versucht.«

»D'accord.«

»Sie hat auch alle Verdächtigen bereits abgeklappert.«

»Alle bis auf einen.«

Capaul nickte nachdenklich. »Der ihnen aus irgendeinem Grund durch die Lappen gegangen ist.«

»Geschenkt«, sagte Widi, »wir wissen, dass wir klüger als die Kripo sind. Wechsle mal die Perspektive.«

Capaul brütete, dann nickte er. »Fragen wir uns doch mal, wer zwischen Sonntagnacht und Montagfrüh überhaupt Gelegenheit hatte, die Mordwaffe auf dem Hof zu verstecken. Das kann nur ein Mitglied der Familie gewesen sein oder dann eine Frau.«

Widbert machte kehrt und steuerte wieder den Flughafen an.

»Warum?«

»Weil bei allen Fremden und sowieso jedem Mann Karins Hund wie närrisch bellt. Ich weiß auch noch sehr gut, wie ich letztes Jahr mit Peter mal nachts auf den Hof gekommen bin. Kaum hat Dunja angefangen zu bellen, war Karin am Fenster, um nachzusehen. Wäre in der Mordnacht ein Fremder auf den Hof gekommen, hätte sie das der Polizei erzählt.«

»Also bleibt nur die Familie.« Widi feixte.

»Doch wieder Peter?«

»Oder Karins Mann. Oder die Zwillinge.«

Capaul winkte ab. »Die haben alle ein Alibi. Der Mann war zur Tatzeit in Norwegen, und die Zwillinge müssen immer schon am Sonntagabend zurück zu ihren Ausbildungsstätten in Landquart und in der Val Müstair.«

»Sagt wer?«

»Das hat Karin mir erzählt.«

»Klar«, spöttelte Widbert, »Landquart und die Val Müstair liegen von Bever aus betrachtet ja auch hinterm Mond.«

Capaul stutzte. »Kommt man da auch morgens früh hin?«

Widi hatte sich die Frage offensichtlich schon früher gestellt und rasselte herunter: »Bever ab 5:53, Landquart an 8:09, Bever ab 6:11, Santa Maria an 8:11.«

»Aber warum sollte Karin gelogen haben?«

»Genau.«

In Capaul ratterte es. Dann schüttelte er vehement den Kopf. »Es sind doch aber Kinder, Widi!«

»Sie sind siebzehn, Massimo.« Widbert reichte ihm den Flachmann. »Jesse Pomeroy war fünfzehn, als er anfing, Mädchen zu verstümmeln.«

Massimo trank einen großen Schluck.

»Was wäre denn ein mögliches Motiv?«

»Jetzt schreist du wieder«, beschwerte sich Widi. »Das Motiv könnte Rache für die depressive Großmutter sein. Etwas an den Haaren herbeigezogen, zugegeben, doch nicht unmöglich. Vielleicht ging es auch um Geld …«

»Troutsch hatte keines.«

»… oder eine Wette.«

»Eine Wette?«

»Teenager töten aus solchen Gründen. Verratene Ehre ist auch hoch im Kurs, Rache für eine geschändete Schwester etwa.«

Capaul schüttelte verständnislos den Kopf. »Trix und Maurus ticken ganz anders.«

Widbert sagte gut gelaunt: »Immerhin, sie ticken. Und wer tickt, tickt auch mal aus.«

Capaul trank noch einen Schluck aus dem Flachmann. »Und jetzt?«, fragte er ratlos.

Widi sah den Himmel entlang, der sich veilchenblau zwischen Corviglia und Piz Corvatsch spannte. Ein Privatflugzeug näherte sich in weitem Bogen dem Flugfeld und setzte zur Landung an.

»Jetzt spiele ich Empfangskomitee für den Prinzen von Wales, und du fährst zurück nach Bever, um Trix und Maurus nach ihrem Motiv zu fragen. Aber pass auf, dass du in keine Kontrolle gerätst, du lallst schon. Um fünf Uhr nachmittags treffen wir uns bei der Passerelle am St. Moritzer See wieder, und du präsentierst mir die Lösung unseres kleinen Falls.«

Das Flugzeug setzte etwas ruppig auf, und Widi bewies sportliche Qualitäten. Mit hängenden Armen hüpfte er wie ein verletzter Rabe das Rollfeld entlang und stand pünktlich bereit, als die Passagiertreppe angesetzt wurde und ein Grüpplein lang aufgeschossener Männer aus dem Bauch des Fliegers kroch, die sich streckten und genüsslich die würzige Bergluft einsogen – oder auch Widberts Eau de Cologne. Capaul schob es auf den Alkohol, aber er fand, sie sahen Prinz Charles und dessen Söhnen wirklich verdammt ähnlich.

XVI

Er setzte sich ins Auto und schloss die Augen. Eigentlich wollte er warten, bis Widbert mit den Gästen einstieg, um seine Neugier zu befriedigen, doch er schlief fast sofort ein. Und hatte einen quälenden Traum. Lisa wurde von einer großen schwarzen Hündin gejagt, die er stellte und in einem schier endlosen blutigen Kampf niederrang, um sich danach von Meta abkanzeln zu lassen, dass er Lisas letzte treue Gefährtin getötet habe. Dafür wurde er sogar verhaftet und zum Tod durch Erhängen verurteilt, allerdings war sein Vergehen jetzt Verrat an der britischen Krone, und Widi war sowohl sein Richter als auch sein Henker. Das Letzte, was Capaul durch den Kopf schoss, ehe sich die burgunderrote, geflochtene Hundeleine um seine Kehle schloss, war der Ausdruck »polygame Polydaktylie«.

Gleich darauf schoss er hoch und schlug mit dem Kopf am niedrigen Wagendach an. Er hatte im Schlaf geschwitzt, und der Himmel hatte sich inzwischen bewölkt, sodass er in den ersten Sekunden des Erwachens annahm, es hätte ins Auto geregnet.

Als er auf dem Handy nach der Uhrzeit sehen wollte, entdeckte er Metas Nachricht: »Essen im Wassermann.« Er wollte sie anrufen, doch gleich wurde das Display schwarz, und ihm fiel ein, dass er am Abend vergessen hatte, den Akku aufzuladen.

Capaul fuhr nach Samedan, parkte am Dorfrand beim Kreisel und ging in Richtung Wassermann. Auf der Bahnhofsuhr las er, dass es halb drei war. Sobald er in die Via Mulin einbog, entdeckte er sie: Meta stand gemeinsam mit Dunja, den Zwillingen und einem drahtigen, dunkelhaarigen Mann vor dem Wirtshaus. Bernhild sah von der angelehnten Tür aus zu, sie trug wieder ihre obligate Schürze »Hier kocht der Chef« und die grasgrünen Crocs. Der Mann stand gekrümmt und kraftlos da, nur seine Hände bewegten sich unablässig, schienen etwas tun zu wollen und nicht zu wissen was, daher zuckten sie im Leeren. Schließlich wandte er sich ruckartig ab und ging, das Gesicht völlig verweint, an Capaul vorbei zum Bahnhof. Die anderen sahen ihm nicht nach, sondern kehrten bereits wieder in den Wassermann zurück.

Capaul folgte ihnen.

»War das etwa euer Vater?«, fragte er, sobald er ihren Tisch erreicht hatte, stellte für sich noch einen Stuhl dazu und setzte sich. Dunja knurrte sofort heftig, Meta zog sie am Halsband zu sich und raunte: »Ist ja gut, mein Schatz, ist alles gut. Das ist nur Massimo. Massimo ist ein Lieber.«

»War das euer Vater?«, wiederholte Capaul.

»Das war Edi«, sagte Trix.

»Wohin geht er?«

»Wohin wohl? Wieder zurück in seinen norwegischen Fjord.«

»Er hätte gar nicht zu kommen brauchen«, fügte Maurus hinzu, »das hat er auch gleich gemerkt. Klar, bis wir achtzehn sind, ist er unser Chef, aber wir deichseln schon lange alles ohne ihn.«

»Das klingt sehr hart«, stellte Capaul verwundert fest. »Immerhin ist er euer Vater.«

Die Zwillinge antworteten gleichzeitig.

»Und wenn schon«, murmelte Maurus, während Trix spitz bemerkte: »Ist er nicht.«

Capaul wunderte sich immer mehr. »Nicht euer Vater? Ja, wer ist es denn dann?«

»Ist ja egal«, wiegelte Maurus ab. Trix schwieg.

Bernhild stand schon länger am Tisch. »Massimo, was willst du trinken?«, fragte sie jetzt.

»Kaffee, starken Kaffee.«

Bernhild ging hinter die Theke, und Meta fragte: »Wie war denn dein Gespräch mit Widbert?«

»Widbert ist Peters Anwalt«, erklärte Capaul den Zwillingen.

»Ein guter?«, fragte Trix.

»Ja, leider. Ein hervorragender Anwalt und mindestens so scharfer Denker. Deshalb glaubt er auch nicht mehr, dass Peter euren Großvater umgebracht hat.«

Meta zuckte mit den Schultern. »Das glaubt wohl niemand mehr. Ganz offensichtlich war es Karin.«

»Daran glaubt Widi ebenso wenig.«

Trix warf Maurus einen eher erleichterten als überraschten Blick zu.

Umso mehr wunderte sich Meta. »Warum nicht? Sonst hätte sie sich doch nicht umgebracht.«

»Sie hat sich nicht deshalb umgebracht. Widbert jedenfalls meint, wäre Karin die Mörderin, hätte sie ein Geständnis hinterlassen. Zum einen, um zu verhindern, dass Peter unschuldig im Knast sitzt, zum anderen, weil es Mörder nun einmal zum Geständnis drängt.«

Wieder warf Trix Maurus einen Blick zu, diesmal konnte Capaul keine Gefühlsregung herauslesen.

Meta schüttelte den Kopf. »Das ist aber ein mehr als dünnes Argument.«

»Fand ich auch, es gibt aber noch ein zweites. Karin hat mir erzählt, dass Trix und Maurus am Sonntagabend schon wieder an ihren Ausbildungsstätten in Landquart respektive Santa Maria waren. Hat sie gelogen? Denkt dran, für so was gibt es hundert Zeugen.«

Diesmal sahen die Zwillinge sich nicht an, doch Capaul hatte den Eindruck, dass Maurus unter dem Tisch Trix' Hand suchte. Dann gab er zu: »Wir sind wie immer erst am Montag früh nach dem Melken los.«

Capaul nickte. »Und hätte Karin den Indianer umgebracht, warum hätte sie euch dann ein Alibi zurechtlügen sollen?«

Meta sah fassungslos von einem zum anderen, hielt dabei beide Hände vor den Mund und brach in Tränen aus. Auch Bernhild, die schon länger mit Capauls Kaffee bereitstand, stellte ihn eilig weg, wandte sich ab und presste die Schürze vors Gesicht.

Die Zwillinge sahen starr geradeaus. Ihre bleichen Gesichter glichen zwei Totenmasken.

Schließlich fragte Maurus: »Was sollen wir jetzt tun?«

»Er meint, was ist das Beste für uns«, übersetzte Trix. »Damit wir uns nicht selber schaden.«

Capaul wandte sich zuerst an Bernhild, bat um den Kaffee und stürzte ihn in einem Schluck hinunter. Dann erklärte er: »Widberts Aufgabe ist es, Peter zu helfen, und dazu ist ihm jedes Mittel recht. Inzwischen bereue ich, dass ich ihn darum gebeten habe, allerdings konnte ich ja nicht wissen, wie sich die Dinge entwickeln. Jedenfalls rate ich euch sehr, Widbert seine Aufgabe so leicht wie möglich zu machen. Stellt man sich einem wie ihm in den Weg, hat man einen Erzfeind. Zeigt man sich kooperativ, erhält man einen Freund. Und den könnt ihr gebrauchen. Gesteht ihr, kann er den Fall ohne großen Aufwand ad acta legen, und ich denke, dafür wird er sich gern erkenntlich zeigen. Was sehr viel wert ist, denn Widbert ist einer der mächtigsten Menschen im Engadin. Und vermutlich weit darüber hinaus.«

Endlich sahen Trix und Maurus sich wieder an. »Soll ich?«, fragte Trix.

Maurus zuckte erst mit den Schultern, dann nickte er.

Trix überlegte eine ganze Weile, ehe sie mit leiser Stimme begann. »Eigentlich war schon immer alles scheiße. Seit wir auf der Welt sind. Voll depro eben, nicht nur Oma, das ging durch den ganzen Hof, bis zu den Kühen. Das haben wir natürlich erst nicht wirklich gemerkt, aber wenn ich zurückdenke, puh. Und es wurde immer schlimmer. Irgendwann habe ich Oma tot in der Badewanne gefunden, in ihrer Kotze schwimmend. Wie alt waren wir da?«

»Zehn«, sagte Maurus.

»Ja. Dann kam diese missglückte Olympiakampagne, wegen der Peter den Hof versetzt hat. Wann war das?«

»Die Abstimmung über eine Olympiakandidatur war vor drei Jahren«, warf Meta ein.

»Drei Jahre also, in denen es uns erst so richtig, richtig mies gegangen ist. Peter schleicht nur noch, weil ihn das schlechte Gewissen so niederdrückt, Mama knüppelt sich krumm, mit Edi sind wir überhaupt nur noch über sein Bankkonto verbunden, ohne die Kohle, die er an den schrägsten Orten der Welt scheffelt, hätten wir die Mistgabel schon längst abgeben müssen. Maurus und ich schuften auch auf dem Hof mit, gleichzeitig versuchen wir was aufzubauen, damit wir uns später mal wieder aus den Miesen herausreiten können.«

»Das ist manchmal ein Scheißspagat«, sagte Maurus.

»O ja. Wir versuchen dauernd, irgendwo was dazuzuverdienen. Mama putzt, macht die Würste, ich habe den Babysittingkurs absolviert. Ein paarmal haben wir auch auf den Lucky Punch gesetzt, bei EuroMillions. Und dann sind wir irgendwie darauf gekommen, dass ich mit dem Modeln anfangen könnte.«

Maurus nicke. »Im Winter vor einem Jahr. Da war ein Artikel in einer Illustrierten über Männermodels, erst wollten sie mich schicken. Aber ich kann nicht mal gerade laufen.«

»Er läuft wie ein Huhn«, sagte Trix. »Und Mädchen machen auch einfach mehr Moos. Die erste Agentur hat auch gleich angebissen, ich hatte ein paar kleine Jobs, und dann, tata, kam ich in die Vorauswahl von *Austria's Next Topmodel*. Bis dahin war ich das nette Mädchen von nebenan gewesen, Fotos für eine Stellenagentur, für eine Privatschule, für die Post. Aber da hieß es plötzlich alles oder nichts. Ganzkörper, nackt. Oder du bist raus. Nackt war mir egal, aber raus war ich trotzdem.«

»Wir haben verkrüppelte Füße«, ergänzte Maurus. »Wir hatten eine OP, als wir noch Winzlinge waren, aber normale Füße haben wir deshalb noch lange nicht.«

Trix nickte. »Und ein Model, das seine Füße nicht zeigen kann, ohne dass es die Leute ekelt, ist wie eine Nutte mit amputierten Titten. Das war's dann gewesen, wieder eine Chance futsch.«

»So cool, wie sie jetzt klingt, hat sie es nicht genommen«, machte Maurus klar.

»Natürlich habe ich es cool genommen! Ich bin immer cool. Oma war die Dramaqueen. Und Mama.«

»Mama nicht, dann eher noch Peter mit seinem ewigen Friedhofsgesicht.«

Trix winkte ab. »Ist ja egal. *Austria's Next Topmodel* war im Frühling, und Theo war wieder bei uns auf dem Hof.«

»Wir konnten uns ja keine neuen Maschinen leisten«, erklärte Maurus, »deshalb musste dauernd was geflickt werden. Das war Theos Sache.«

»Das haben sie uns jedenfalls so verkauft«, sagte Trix. »Und als ich rausgeflogen bin, war er für mich da. Nicht so, wie Peter es versucht hat, mit Handtätscheln und ›wird schon wieder‹, auf solche Sülze stehe ich nicht. Theo war ganz anders. Theo hat gefragt: ›Was war denn das Problem?‹ Ich: ›Meine hässlichen Füße.‹ Er: ›Hässlich ist relativ. Jetzt verrate ich dir ein Geheimnis, das außer dir kein Mensch auf Erden weiß. Meine Füße, Trix, sind dermaßen verkrüppelt, dass ich sie nicht zeigen kann, ohne dass die Leute in Ohnmacht fallen. Und ich verrate dir gleich noch ein zweites Geheimnis: Ich selber finde verkrüppelte Füße total geil. Ich meine scharf, richtig scharf.‹ War das nicht voll süß? Deshalb wollte er natürlich meine Pfoten auch gleich sehen. Nun bin ich ja aber nicht von gestern, deshalb frage ich: ›Theo, geht es jetzt nur um die Füße, oder geht es um Sex?‹ Sex, müsst ihr wissen, hatte ich noch nicht gehabt. Habe ich auch heute noch nicht. Theo darauf: ›Ich will dir nichts vormachen, natürlich denke ich bei einer Schönheit wie dir an Sex. Und seit ich von deinen Füßen weiß … Was soll ich sagen? Kleiner Makel erhöht den Reiz?‹ Fand ich alles immer noch süß. Weil ich natürlich keinen blassen Schimmer hatte, dass er gleichzeitig mit Mama rummacht.«

»Mit wem?«, fragte Capaul verwirrt. »Mit eurer Oma hatte er was, aber doch nicht mit Karin!«

Trix lachte müde. »Das ist es ja eben. Theo hat alle angebaggert.«

»Nicht nur angebaggert, angebohrt«, sagte Maurus.

»Halt, mich nicht. Aber es stimmt, Theo hat Oma gebumst und Mama gezeugt, das steht in den Briefen, die sie jetzt gefunden hat. Mama kriegt Schreikrämpfe, weil Theo auch sie gebumst hat.«

»Gebumst und geschwängert«, präzisierte Maurus.

»Ja, und Oma hat zugesehen und nicht gewagt, etwas zu sagen. Krass, oder?«

Capaul starrte sie nur an. »Ihr seid …«

Meta würgte vor Entsetzen und erschreckte damit Dunja, die kurz aufjaulte.

Trix nickte. »Genau. Unser Opa ist auch unser Vater.«

Und Maurus ergänzte: »Unser Erbgut ist zu drei Vierteln seines. Eine miesere Züchtung gibt es nicht. Hätte er Trix auch noch gestöpselt, wären es sieben Achtel.«

»Immerhin haben wir auch seine Schönheit geerbt«, warf Trix ein. »Aber ja, während wir darüber reden, wird uns klar, dass so ziemlich alle Scheiße dieser Welt von Theos Geilheit herrührt. Unserer Welt natürlich.« Mit den Fingern zählte sie auf. »Er hat Oma geschwängert. Er hat Oma im Stich gelassen. Er hat Karin geschwängert. Das hat, sagen wir mal, Oma in die Depression getrieben. Oma bringt sich um. Mama rackert sich von da an für zwei ab. Peter gibt sich die Schuld an Omas Tod, zerreißt sich, um es wiedergutzumachen, und verzockt den Hof. Edi wird das alles zu spooky, er trennt sich …«

»Hat er nicht«, fiel Maurus ihr ins Wort.

»Natürlich hat er. Faktisch hat er.«

»Egal«, sagte Maurus. »Jedenfalls kocht da schon eine Tonne Scheiße, da sagt Trix so nebenbei: ›Immerhin ist es ein Glück, dass ich das heute erfahre, sonst wäre ich auch noch mit ihm in die Kiste.‹ Worauf Mama endgültig der Kiefer runterklappt. Sie brüllt: ›Ich bringe ihn um. Bevor der Mistkerl noch mehr anrichtet, bringe ich ihn um.‹ Sie rennt wieder auf den Dachboden, kramt und kommt mit einer Knarre im Halfter wieder.«

»Die sie aber gleich wieder weglegt«, übernimmt wieder Trix, »weil das Geschrei Peter angelockt hat. Der kommt plötzlich hereingestürzt und fragt: ›Wer um Himmels willen hat sich diesmal umgebracht?‹ Für uns war das der Moment, um uns zu verziehen. Maurus hat sicherheitshalber die Knarre eingesteckt, denn wir dachten uns schon, dass Mama Peter nicht einweihen wird. Wir gehen also in den Stall, melken, füttern, dabei reden wir. Dass Mama es nie packen wird, ihn umzulegen. Dass dieses degenerierte Stück Scheiße es nicht wert ist, noch einen Tag länger zu leben. Und dass, wenn auf dieser gottverdammten Erde einer das Recht hat, seinen Vater zu töten, wir das sind.«

Meta hatte in ihrer Fassungslosigkeit die ganze Zeit über die Hand gegen den Mund gepresst. Jetzt fragte sie fast tonlos: »So habt ihr geredet?«

»Was, stimmt es etwa nicht?«, antwortete Trix.

Und Maurus sagte: »Die Sache ist die, wir glauben, die Welt wäre ein echt schöner Ort. Sogar brutal schön! Es sind ganz wenige fiese Typen, die alles immer wieder in Klump und Asche schlagen. Diese Typen muss man drankriegen.«

»Ja, darüber haben wir viel geredet. Auch als wir wieder weg von zu Hause waren.«

»Wir haben fast jede Nacht telefoniert.«

»Und als Theo zwei Wochen später wieder auf den Hof gekommen ist«, erzählte Trix, »habe ich mich mit ihm verabredet. Ich habe ihm gesagt: ›Ich will deine Füße sehen. Und ich will, dass du mich entjungferst. Aber nicht hier, ich komme zu dir.‹ Er kriegt grad Schnappatmung. ›Ich habe ein Bett im Auto‹, sagt er. Aber ich hatte Angst, dass er mit mir abhaut oder abschließt, und ich komme nicht raus. Deshalb habe ich ihm gesagt: ›Heute Nacht, lass dich überraschen. Zimmernummer?‹ Dann so gegen elf sind wir mit dem Fahrrad zum Wassermann, mit Peters Schlüssel. Ich gehe hoch, klopfe, stehe so in der Tür und frage scheu: ›Und jetzt?‹ Er: ›Kommst du rein und ziehst dich aus.‹ Ich: ›Das mache ich lieber im Bad, sonst ist es mir peinlich. Und in der Zwischenzeit ziehst du dich auch aus. Splitternackt. Fair ist fair, ich will deine Füße auch sehen.‹ Das war Maurus' Idee gewesen, damit wir ihn nicht umlegen, und nachher stellt sich raus, das Ganze war nicht wahr. Ich also raus, Tür wieder zu, draußen wartet Maurus. Er zielt schon mal auf die Tür, für den Fall, dass Theo mir plötzlich hinterher will. Aber es bleibt ruhig. Nach zwei Minuten klopfe ich wieder, öffne einen Spalt weit und sage: ›Dreh dich weg, ich geniere mich.‹ Er dreht sich folgsam zur Wand und sagt noch: ›Das ist mir vielleicht ein Abenteuer‹, dann schiebt Maurus mich schon zur Seite, schießt ihn ins Kreuz, und wir nichts wie weg.«

»Weißt du was?«, fällt Maurus ein. »Die Füße haben wir uns gar nicht angesehen.«

»Stimmt.«

Danach war es im Wassermann für einige Sekunden völlig still. Capaul war wie erschlagen. In seinem Kopf drehten sich die immer gleichen Sätze: Es war Mord. Glasklarer Mord. Geplanter, heimtückischer Mord. Sie haben keine Gnade verdient. Dabei sind sie doch noch Kinder!

XVII

Was kam danach?«, fragte Capaul erschöpft.

»Na ja, wir sind halt zurück auf den Hof«, antwortete Trix. »Maurus hat die Knarre entsorgt, ich habe den Schlüssel zurückgehängt, dann sind wir schlafen gegangen. Am nächsten Morgen war alles wie immer, melken, füttern, ein Kaffee im Stehen und ab zum Zug.«

»Konntet ihr denn überhaupt schlafen?«, fragte Meta verwundert.

»Nicht viel«, sagte Maurus.

»Ich habe im Bus geschlafen«, erklärte Trix. »So gegen Mittag habe ich Mama angerufen, um ihr zu sagen, dass wir ihn erledigt haben, aber ich kam nicht dazu, weil schon die Polizei auf dem Hof war.«

»Ja, das war ich«, bemerkte Capaul.

»Als sie mich dann zurückrief, habe ich es ihr gesagt. Aber sie hat sich überhaupt nicht gefreut, sondern gleich wieder geschrien.«

Maurus nickte. »Mich hat sie dann auch angerufen, immer wieder. Ich war ja bei der Arbeit, es wurde richtig peinlich. Dabei hat sie gar nichts gesagt, eher gelallt. Erst dachte ich, sie hat gesoffen, aber dann wurde mir klar, dass sie am Durchdrehen ist. Zuletzt hat sie nur noch geschwiegen. Geheult und geschwiegen.«

»Mit mir hat sie schon geredet«, sagte Trix. »Vorwürfe hat sie uns gemacht. Sie hat behauptet, dass sie Theo vermisst, dass sie jetzt, wo sie weiß, dass er ihr Vater ist, eine Beziehung hätte zu ihm aufbauen wollen. So ein Schmus! Ich meine, er war auch unser Vater, wie krank ist das denn? Zu so einem eine Beziehung aufbauen wollen!«

»Stimmt«, fiel Maurus ein, »und sie hat erzählt, dass Peter jetzt sitzt. Dass er sich für uns opfert! Als wäre das nicht einfach nur gerecht, schließlich hat er sich nie dagegen gewehrt, dass Theo auf seinem Hof ein und aus geht, wie es ihm passt. Und dann hat er uns ja in die Miesen geritten! Aber jetzt ist Ruhe, und in ein paar Jahren schaffen wir auch die Wende und stottern ab, was er verzockt hat. Davon hat er ja auch was, zumindest moralisch.«

»Wie, moralisch?«, fragte Trix.

»Ich meine, dass wir seinetwegen zwar harte Zeiten hatten, aber wenigstens den Hof nicht verlieren.«

»Das kann ich euch nur wünschen«, sagte Capaul wenig überzeugt und sah zur Wanduhr. »Gleich treffe ich Widbert. Und ihr müsst melken gehen, nehme ich an. Soll ich euch schnell heimfahren?«

Trix schüttelte den Kopf. »Wir haben noch Zeit, und ich laufe gern. Wenn schon mal die Sonne nicht scheint.«

Maurus fragte abermals: »Ja, aber wie geht es denn jetzt weiter?«

Capaul zuckte hilflos mit den Schultern. »Ich werde Widbert alles erzählen und ihn bitten, dass er für euch tut, was immer er mit gutem Gewissen tun kann.«

»Klingt doch fair«, sagte Trix, und Maurus nickte.

»Soll ich bis auf Weiteres für Dunja sorgen?«, fragte Meta.

»Das wäre super«, antwortete Trix.

Dann erhoben sie sich. Als Meta zahlen wollte, winkte Bernhild ab. »Ich will kein Geld«, sagte sie heiser.

An der Tür trennten sie sich, Maurus und Trix gingen durchs Dorf, Meta wollte mit Dunja den Zug nach Hause nehmen. Bis zum Bahnhof hatten Capaul und sie denselben Weg.

Sie schafften es beide nicht zu reden. Erst als sie vor dem Bahnhof standen, sagte Meta: »Ich weiß ja nicht, ob wir uns heute noch sehen. Vielleicht bleibst du besser in St. Moritz. In mir ist es gerade furchtbar finster. Weißt du, dass die beiden genauso alt sind wie mein Cla, als er erschossen wurde?« Sie presste die Lippen aufeinander, dann stieß sie ein bitteres Lachen aus. »Nie hätte ich gedacht, dass ich eines Tages froh darum wäre, dass es so gekommen ist und nicht anders ...«

Dann wandte sie sich abrupt ab und ging, von Weinkrämpfen geschüttelt, in Richtung Bahnsteig. Dunja trottete leichtfüßig neben ihr her.

Auch Capaul kämpfte mit den Tränen, während er zum Wagen ging und nach St. Moritz fuhr.

Als er die Tiefgarage verließ und zum See hinabstieg, wartete Widi schon auf ihn. Mittlerweile duftete er vor allem nach Zigarre.

»Ich sehe, du hattest Erfolg«, stellte er zufrieden fest, als er Capauls Gesichtsausdruck sah. »Gehen wir ein paar Schritte.«

Sie flanierten das Seeufer entlang, und Capaul erzählte. Widbert hörte zu, ohne zu unterbrechen. Nur ab und zu entfuhr ihm ein trockenes »Ha!«.

»Ich habe den Eindruck, die beiden begreifen überhaupt nicht, was sie getan haben«, endete Capaul. »Es ist ganz sonderbar, sie wirken gleichzeitig hellwach und leicht verblödet. Man hat automatisch Mitleid, gleichzeitig will man sie ohrfeigen und anbrüllen: ›He, wacht endlich auf!‹«

»Das werden sie früh genug«, sagte Widi genüsslich.

»Was geschieht denn jetzt mit ihnen?«

»Juristisch sehe ich zwei Möglichkeiten«, erklärte Widi. »Entweder plädiert man auf Unzurechnungsfähigkeit, und sie werden für den Rest ihres Lebens in einer geschützten Anstalt verwahrt. Wo es ihnen nicht schlecht gehen müsste, für Maurus findet sich bestimmt eine mit Nutzviehhaltung, und für Trix einen Webstuhl aufzustellen wäre auch eine kleine Sache.«

»Oder?«

»Ja, oder sie werden wegen Mordes verurteilt und wandern für mindestens zehn Jahre in den Knast. Mildernde Umstände holt man in so einem Fall immer raus, aber der Stempel ›Mörder‹ bleibt natürlich ein Leben lang.«

»Und so oder so ist der Hof weg.«

»Ist er ja schon längst, die Enteignung wurde nur noch nicht vollstreckt.«

Schweigend spazierten sie dem vielerorts noch gefrorenen See entlang. Eine Amsel rief. Die Sonne war untergegangen, blaue Abendschatten krochen die Berghänge empor. Eine Weile sahen sie einem schwarzen

Pudel zu, der einer Ente hinterherjagte und auf dem Eis immer wieder ausrutschte.

Schließlich fragte Capaul zaghaft: »So was wie Notwehr kann man nicht geltend machen? Oder es so deichseln, dass es gar nicht zur Verhandlung kommt? Ich meine, die zwei sind nicht böse. Irgendwie sind sie sogar herzensgut. Und der Indianer hat ja wirklich schlimme Dinge angerichtet.«

Widi nickte gutmütig. »Stimmt, das hat er. Aber wusste er davon? Und wenn er es wusste, hat er die Tragweite begriffen? Oder war er womöglich etwas debil, und die Frauen haben das ausgenutzt? Als Ankläger würde ich so argumentieren. Nein, sogar als Peters Verteidiger. Denk daran, dass ich seine Unschuld nur zweifelsfrei beweisen kann, indem ich die wahren Täter entlarve.«

»Und was ist mit deiner anwaltlichen Schweigepflicht?«

Widi deklamierte: »›Die Schweigepflicht erstreckt sich nicht auf das Wissen, das der Anwalt bei Erfüllung des Auftrags über Dritte in Erfahrung bringt.‹ Das wäre ja noch schöner.«

Capaul schüttelte den Kopf. »Ich kann mich an den Gedanken, dass Trix und Maurus ihr Leben so hoffnungslos verpfuscht haben, noch nicht gewöhnen.«

Widi warf ihm einen nachsichtigen Blick zu. »Sieh es anders an, Massimo. Du verkennst die bezaubernde Schönheit, die über alldem liegt.«

»Schönheit? Wo siehst du da Schönheit?«

Widi nahm sich eine Sekunde Zeit, um den pointiertesten Einstieg zu wählen. »Stell dir vor, alle Fehltritte unserer Zivilisation würden so gelöst wie deine: mit Schmiergeld, kleinen Versprechungen, sanfter Erpressung. Was bitte sollte dann noch in den Groschenromanen stehen? In den Krimis? Was sollten die Leute sich am Sonntagabend im Fernsehen anschauen? Lauter Nettigkeiten? Nein, es braucht ab und zu ein Bauernopfer. Und Trix und Maurus, Massimo, sind das herrlichste Bauernopfer, das man sich wünschen kann.«

»Bauernopfer?«

»Du spielst Schach, oder? Ein Bauer wird geopfert, um den König in eine vorteilhafte Position zu bringen. Der Prozess und die Verurteilung der Zwillinge werden eine prächtige Show werden. Stell dir die Schlagzeilen vor: ›Die schönen Monster von Bever‹. ›Die Blüten des Bösen‹. ›Ödipussy in der Modelshow‹.«

Widi sah ihn beglückt an und seufzte. Während sie weiterspazierten, sang er in volltönendem Tenor The Queens *Bohemian Rhapsody:*

»Mamaaa, just killed a man
Put a gun against his head
Pulled my trigger, now he's dead
Mamaaa, life had just begun
But now I've gone and thrown it all away
Mama, oooh …«

Danach fuhr er fort: »Hinz und Kunz werden sich die Mäuler zerreißen. Die Unausweichlichkeit von Schuld und Strafe, die Unbestechlichkeit des Gesetzes werden, für alle nachvollziehbar, demonstriert. Und Maurus und Trix werden berühmt – weltberühmt, will ich meinen.«

»Alles nur Gaudi für den Pöbel?«, fragte Capaul beklommen.

»Nein, weit mehr als das.«

Capaul dachte nach. »Ich verstehe, ein Schauprozess, der davon ablenkt, wie es wirklich läuft.«

Widi schüttelte den Kopf. »Du denkst zu simpel. Die Tragödie um Trix und Maurus ist genauso wirklich wie etwa die Verbrechen, die zum Börsencrash geführt haben. Es gibt zwei Systeme von Recht und Gerechtigkeit, die in friedlicher Nachbarschaft nebeneinander existieren, ohne sich je zu beißen. Eines für die Dummen, eines für die Klugen. Oder eines für die Schwachen, eines für die Mächtigen. Ich sage ja, das ist dasselbe. Der zentrale Unterschied ist: Die Klugen arrangieren sich, während die Dummen nur hoffen, nicht erwischt zu werden.«

»Jetzt bin ich natürlich neugierig, auf welcher der beiden Ebenen du die Polizei siehst«, bemerkte Capaul, doch Widbert lachte nur schallend.

»Lach auch mal wieder«, forderte er ihn auf. »Wir zwei werden noch jede Menge Spaß miteinander haben.« Währenddessen zückte er den Flachmann und schüttelte ihn. »Schon wieder leer, wie bedauerlich! Zu gern hätte ich, bevor ich den Staatsanwalt anrufe und die Mühlen des Gesetzes in Bewegung setze, mit dir angestoßen.«

»Ich wüsste nicht, worauf.«

»Auf eine Initiation natürlich, auf den endgültigen Verlust deiner Unschuld. In gewöhnlichen Familien geht dafür der Papa mit dem Sohnemann ins Puff. Du und ich, wir schreiben gerade ein herrlich melodramatisches Stück Kriminalgeschichte.«

Noch während er redete, wankten sie beide und mussten sich aneinander festhalten. Lisa hatte sie von hinten überfallen, je ein Bein gepackt und sich daran festgeklammert. Dazu schrie sie: »Überraschung, Überraschung!«

Widi beugte sich nieder und befreite sich sanft, doch unerbittlich. »Was heißt hier ›Überraschung‹? Wir waren doch verabredet.«

»Ich meine natürlich Papa.« Sie pflanzte sich vor Capaul auf. »Du musst raten.«

»Was muss ich raten?«, fragte Massimo überrumpelt.

»Was die Überraschung ist«, rief sie ungeduldig.

»Keine Ahnung. Dass du eben da bist.«

»Nein, viel besser. Es hat vier Räder.« Sie strahlte und hüpfte auf und ab.

»Ein Auto?«

»Ja, erraten! Und nicht einfach irgendeines. Der Tourbus von Ricki und Brian.«

»Was ist damit?«

»Sie borgen ihn uns, und das für ganze zwei Wochen. Ist das nicht superhypermegatoll? Der hat Bett und Küche, sogar einen Kühlschrank!«

»Was tun wir denn damit?«

»Mensch, deinen Papa suchen natürlich! Das wird ein Fest.«

Verloren drehte Capaul sich zu Widi um, doch der war schon auf dem Weg zurück zum Parkhaus. Eben kreuzte er Marions Weg und verbeugte sich tief vor ihr, dann begann er mit geschwellter Brust zu singen.

»Reicht mir in der Todesstunde
Nicht in Gnaden den Pokal!
Von des Weibes heißem Munde
Lasst mich trinken noch einmal!«

Inzwischen hatte Marion sie erreicht. »Widi ist immer so guter Laune, das mag ich«, sagte sie und fasste warm Capauls Hand. »An dir mag ich aber noch viel mehr.«

»Soso?« Mehr fiel ihm nicht ein.

»Bleibst du diesmal?«

Lisa jubelte gleich los.

»Kommt darauf an, wie es gemeint ist«, sagte er hilflos.

Marion lächelte. »Wie immer du möchtest. Ha, da fällt mir ein, Widi bietet uns dreien ein neues Zuhause an. Einen bald herrenlosen Bauernhof in Bever. Soll sehr schön und romantisch sein.«

Capaul starrte sie an. »Wie kann er das tun?«

»Wieso nicht? Er will halt, dass wir zueinanderfinden.«

»Ich meine, der Hof gehört doch nicht ihm!«

»Doch, der Hof, von dem ich spreche, schon. Das heißt, er gehört einer Immobiliengesellschaft, bei der die Eigentümer sich so sehr verschuldet haben, dass sie ihn jetzt aufgeben. Aber darüber wollte ich mit dir in aller Ruhe reden. Heute Abend. Bei uns.«

Lisa zerrte auch schon länger an Capauls Arm, um ihn abzuschleppen.

Capaul zögerte noch, aber nur schwach. »Stimmt, Meta hat jetzt diesen scharfen Hund zu Hause, der mich nicht leiden kann.«

»Seit wann das denn?«, fragte Marion verwundert.

»Seit heute erst. Womöglich würde er mich nicht mal in mein Zimmer lassen.«

»Ein bissiger Hund?«, fragte Lisa mit geweiteten Augen.

»Jedenfalls würde ich sagen, wenn der mal zubeißt, landet man im Krankenhaus.«

Marion lachte vergnügt. »Dann solltest du unbedingt Abstand halten. Wie die Romanen sagen: *La glüna nu cura il ladrar dals chants*. Den Mond kümmert das Bellen der Hunde nicht.«

»Was soll das heißen?«, fragte Lisa.

Während Marion ihr das Sprichwort erklärte, dachte Capaul, dass es keinen vollkommeneren Spruch für Metas Stallmauer gab. *La glüna nu cura il ladrar dals chants*. Gleich konnte er es kaum mehr erwarten, sie wiederzusehen.